APOLOGUES.

APOLOGUES.

DEUXIÈME ÉDITION.

PARIS

IMPRIMERIE DE JULES DIDOT,
IMPRIMEUR DU ROI,
RUE DU PONT-DE-LODI, Nº 6.

1825.

Ces Apologues ont déja paru, en partie, à la suite de la deuxieme édition des ROMANCES DU CID. Alors, comme aujourd'hui, ils commençaient par le TESTAMENT, auquel était jointe la note ci-dessous :

« Cet apologue, imprimé plusieurs fois, ainsi que LE CHIEN « VICE-ROI et d'autres, fait, avec ceux qui le suivent, partie d'un « choix d'apologues, la plupart orientaux, et asséz différents, « comme on peut le voir, du ton et de la manière ordinaire des « fables. Plus tard, et avec plus de loisir, l'auteur réunira peut- « être tous ces apologues assez nombreux disséminés dans divers « recueils. »

Ces récits n'ayant pas déplu, malgré leur imperfection, et l'auteur n'ayant pu s'occuper, ni de lenr ordre, ni de leur choix, on s'est borné à y joindre ceux qui avaient déja paru ailleurs, et quelques autres que l'on s'est procurés, et qui avaient couru en manuscrit.

APOLOGUES.

LE TESTAMENT.

Hassey, riche et mourant, dit à Bessan un soir :
Je veux, mon cher ami, vous faire une prière.
Allez chez le cadi. Qu'il vienne recevoir,
Et sans tarder long-temps, ma volonté dernière.
Je ne me flatte pas d'un inutile espoir,
Et vais aller bientôt où repose mon père.
Juste ciel, dit Bessan se montrant affecté,
De quel coup vous frappez ma sensibilité !
Rien ne vous presse encore. Ah ! la douleur m'accable.
Vous avez, je le sais, un motif respectable.
Oui, je lis dans votre ame : en de mauvaises mains
Vous craignez de laisser votre immense héritage.
Alors, il est bien vrai, le maître des humains
Peut vous en imputer le criminel usage.
Je n'ai rien à vous dire, et je cours de ce pas
Chez le cadi. Grand Dieu ! dissipez mes alarmes.
Bien qu'il fût attendri, Bessan ne pleurait pas.
Il sortit toutefois en essuyant ses larmes.

Il reparut bientôt, le cadi le suivant.

Lumière de la loi, dit Hassey faiblement,
Agréez le dépôt qu'en ce jour vous confie
Un homme qui s'apprête à sortir de la vie,
Mon testament. Sitôt que l'ange de la mort
Aura brisé ma chaîne et décidé mon sort,
Magistrat vertueux, daignez à l'instant même
Rassembler mes parents, mes amis, et sur-tout
Bessan, et lisez-leur ma volonté suprême.
Vous me le promettez? Le cadi promit tout.
Hassey finit bientôt. Il s'éteignait à peine
Que Bessan réunit les amis, les neveux,
Et chez le magistrat à l'instant les entraîne.
Celui-ci, du cachet qu'il brise devant eux,
Dégage gravement l'écrit qui les attire,
Et, saluant d'abord ces spectateurs nombreux,
Leur lit à haute voix ce que vous allez lire :

> Au nom de Dieu juste et clément,
> Moi, qu'on nomme Hassey, fils d'Élie,
> J'ai dans le présent testament
> Consigné ma dernière envie.
> J'ai passé médiocrement
> La nuit qu'on appelle la vie,
> Et ce monde est assurément
> Une mauvaise hôtellerie.

> Des pauvres adoucir le sort,
> Est un devoir que j'apprécie.

Je me tais sur eux à ma mort ;
Je les aidai toute ma vie.
Plus d'un riche, au bord du cercueil,
De sa fin charmant l'amertume,
Aime à caresser son orgueil
De sa bienfaisance posthume.
Tels n'ont point été mes desseins.
Je n'ai pas, prévoyant mon terme,
Pour ouvrir aux pauvres mes mains,
Attendu que Dieu me les ferme.
S'il leur convient, dans ces secours,
Que mes héritiers me succèdent ;
Et qu'ils profitent de leurs jours
Pour donner de ce qu'ils possèdent.

Mes esclaves, bons serviteurs,
Qui valent tel ami peut-être,
J'ai lu dans le fond de leurs cœurs :
Après moi qu'ils n'aient plus de maître.
Qu'à chacun d'eux il soit compté
Une somme honnête, et pour cause.
C'est beaucoup que la liberté ;
Mais l'aisance est bien quelque chose.

Je lègue à l'émir Amanzout
Mon charmant cheval d'Arabie,
Avec son harnais, et sur-tout
Avec sa généalogie.

Je lègue au philosophe Ellis,
Cet ami vertueux que j'aime,
Tous mes livres qu'il a jadis
Avec soin rassemblés lui-même ;
Je sais comme il est indigent,
Et comme à l'étude il se livre.
Il pourrait moins facilement
Acheter que faire un bon livre.
Cet ami voudra bien encor,
S'il ne veut pas que je l'accuse,
Prendre les mille pièces d'or
Que depuis vingt ans il refuse.
A présent que me voilà mort,
Je ne reçois plus son excuse.

Quelqu'un qui m'aime tendrement,
Mon ami Bessan, je l'espère,
Acceptera plus aisément
La qualité de légataire.
Je sais tout ce que je lui doi ;
Je sais sur-tout combien il m'aime.
Cet ami véritable, à moi
S'est attaché malgré moi-même.
Ce doux penchant qu'il éprouvait
Depuis un temps augmente encore.
Vieux, infirme, il me chérissait ;
Mourant, je vois bien qu'il m'adore.
En moi de mainte qualité

Bessan a fait la découverte.
On ne s'en est jamais douté,
Et c'est pour le monde une perte.
De plus, avec sévérité,
Et sans attendre mon envie,
De mes neveux il a noté
Chaque défaut, chaque folie,
Et, pour leur bien, m'a rapporté
Toutes les erreurs de leur vie.
De ses soins quel sera le prix?
Un mauvais legs, un bon avis :
Mon cher Bessan, de la richesse
Quand on veut trouver le chemin,
Il faut mieux placer sa bassesse.
Flattez un riche sot et vain :
Il en est tant de cette espèce !

    Mes neveux Achmet et Nelzir,
Dont la tête est loin d'être bonne,
Plus d'une fois m'ont fait sentir
Des chagrins que chacun soupçonne.
Mais ils vont bien s'en repentir ;
Car leur vieil oncle leur pardonne.
Sans doute ils sont des étourdis
Qui souvent ont su me déplaire ;
Mais de mon frère ils sont les fils,
Et les petits-fils de mon père.
Que tous mes biens leur soient remis,

Et que leur jeunesse en jouisse ;
Que par le ciel ils soient punis,
S'il faut qu'un jour ill es punisse.
La clémence est de mon avis,
Et je laisse à Dieu la justice.

Mes femmes, ces objets charmants
Qu'à regret mes yeux abandonnent,
Elles sont veuves dès long-temps,
Et que leurs cœurs me le pardonnent.
Leurs attraits doux et gracieux
Méritaient un meilleur partage ;
Mais je leur lègue mes neveux,
Ce sera là leur héritage.

LE ROSSIGNOL.

Doux rossignol, à l'aimable ramage,
Tu rends l'été trop jaloux du printemps ;
Tu ne viens plus enchanter le bocage.
Que fais-tu donc ? — Je nourris mes enfants.

Cette leçon devrait être suivie.
Talents, beaux-arts, je sens tout votre prix :
Mais ne soyez que les fleurs de la vie ;
N'empêchez pas d'en cultiver les fruits.

LE BIEN ET LE MIEUX.

Le Bien est un bon homme! il n'est ni fat ni vain.
Sans se faire valoir il poursuit son chemin.
Il ne galope point, mais il ne bronche guère.
Il veut bien corriger, mais n'aime point à faire.
Un jour dans un pays il se vint établir,
Non sans peine. Il rendait pourtant plus d'un service.
Il sut en rendre tant qu'il fallut le sentir,
Et, si lente à sonner, l'heure de la justice
    Enfin pour lui commençait à venir.
    Survint le Mieux, suffisant personnage,
Portant le nez au vent, faisant un grand tapage,
D'inestimables plans colporteur satisfait,
Trouvant tout à blâmer, hormis ce qu'il ferait.
Voilà qu'il est admis en bonne compagnie.
La faction des fous, jointe à celle des sots,
Goûte beaucoup ses plans, vu qu'ils sont tout nouveaux,
Et se dit que le Bien est un petit génie.
On fit en un repas trouver les deux rivaux.
Cherchant à s'éclairer, le Bien, simple et modeste,
Mesure ce qu'il dit, prouve ce qu'il atteste.
Le Mieux ne prouve rien, mais ne doute de rien;
Montre à son adversaire un mépris manifeste,

Et voilà que le Mieux est l'ennemi du Bien.
Déja par-tout du Mieux on vante l'éloquence,
          Et par conséquent la science.
          Dans un aveuglement fatal
Tout le pays au Mieux donne sa confiance.
Le pauvre Bien partit, et le Mieux... fit très mal.
On s'aperçut trop tard que sa téte était vide,
Que ses plans étaient faux, que les mieux concertés
Se trouvaient très mauvais, étant précipités,
Qu'on avait à l'éclat immolé le solide.
Notre faiseur s'esquive un jour honteusement.
On rappela le Bien : mais, en proie aux caprices,
Ce peuple avait trop mal reconnu ses services :
Il avait de l'humeur, et revint lentement.

LE PRINCE RARE.

          Je n'ai plus votre confiance,
Disait un favori; j'en cherche la raison.
Toujours sur mes défauts, répondit Aaron,
          Vous avez gardé le silence.
          Ne pas les voir fut ignorance,
          Ou me les cacher, trahison.

LES CINQUANTE ET UN AMIS.

Amitié, don du ciel, je te vante souvent ;
Mais qui pourrait trouver ta présence importune !
Et puis je veux au moins, par ce soin consolant,
     Que quelque part tu sois commune.

Mon fils, aie un ami, disait le vieil Omar.
Un ami, moi ! la chose est excellente,
Répond Ali d'un ton quelque peu goguenard :
     Un ami ! mais j'en ai cinquante.

—Cinquante ! c'est beaucoup. Il faudra que chacun,
Mon cher, en fait d'amis, t'admire et te révère.
J'ai bientôt soixante ans, et n'en ai trouvé qu'un.
     — Oh ! je suis plus heureux, mon père.

— Tant qu'un vase est rempli d'un nectar précieux,
On l'entoure, on le presse : est-il vide, on l'oublie.
O mon fils, à mon cœur toi plus cher que mes yeux,
Crains le désert du vase et le jour de la lie.

— Oh ! pour moi mes amis sont gens à tout braver.
     Il n'est rien que d'eux je n'attende.

— Dis-moi, veux-tu les éprouver?
— Si je le veux! je le demande.

Dès que le soir parut, Ali prompt à sortir,
Troublé, taché de sang, chez un ami s'arrête.
J'ai combattu, dit-il, le fils du grand-visir;
Il n'est plus, et je viens te demander retraite.

— Tu fais bien : à jamais tu peux compter sur moi ;
Mais ici tu prendrais très mal ton domicile.
Par malheur on connaît mon amitié pour toi.
Je dois, par amitié, te refuser asile.

. . . Du haut des minarets minuit était crié,
Quand Ali reparaît chez l'auteur de sa vie.
O mon père, dit-il, ils m'ont tous renié.
Chacun a sa raison : tous ont même infamie.

Omar ne répond rien, mais, d'abord se levant,
Chez son unique ami mène son fils docile.
Il lui dit le péril qui tous deux les surprend,
Et pour le jeune Ali lui demande un asile.

O jour trois fois heureux! répond le noble ami ;
Je puis donc vous prouver à quel point je vous aime :
Et votre fils et vous, restez cachés ici.
Vous êtes, sous mon toit, plus chez vous que moi-même.

J'ai du bien, du crédit ; je ne néglige rien.
Si j'échoue en ces lieux, vous partez, je vous guide ;
Et si l'on nous atteint, si le sort le décide,
Je porte un cimeterre et me bats assez bien.

      A cette offre simple et sublime,
      Le vieil Omar bénit Allah ;
Et pressant sur son cœur ce cœur si magnanime :
O mon fils, lui dit-il, un ami, le voilà !

Le morceau, le conte, la folie qui suit n'est pas sans doute un bon apologue ; mais c'est mieux : c'est une assez bonne action. Une famille nombreuse périssait de misère, et son triste chef, aveugle, avait eu, pour attirer la pitié publique, l'idée, usée depuis, de la faire solliciter par son chien. Cette idée donna à un homme de lettres celle de la développer au profit de cette famille. Il fit imprimer, et même chez M. Didot l'aîné, à un nombre illimité d'exemplaires, cette plaisanterie dont le fond n'est que trop sérieux. Il la mit à la disposition de l'aveugle et de sa famille pour la faire vendre par le chien. De son côté, ce qui fut plus utile encore, il se chargea de la répandre lui-même dans les sociétés de Paris. Le prix de rigueur était d'*un sou* ; mais il était permis de payer davantage. Beaucoup de personnes profitèrent de cette permission ; des femmes surtout y mirent cette bonté active qui les caractérise. Plusieurs dames, que l'on nommerait ici, si l'on ne craignait de blesser leur modestie, se chargèrent de faire valoir le champ du pauvre, et lui procurèrent d'abondantes récoltes. Une d'elles qui ne fait plus de bien, car elle n'est plus (la femme de l'auteur), non contente d'avoir contribué beaucoup à augmenter les produits, se chargea d'en diriger l'emploi, et se mit en quelque sorte à la tête de cette bonne œuvre. Elle alla visiter cette pauvre famille, lui acheta, lui envoya tout ce qui lui manquait, c'est-à-dire à-peu-près tout; [et le résultat de cette espèce de souscription que la mode favorisa par des airs, des gravures, et même des tableaux, fut que cette famille malheureuse eut toutes sortes d'effets, et de plus une maison qui fut achetée pour elle près d'Orléans.

D'après ces détails, on concevra l'intérêt que l'auteur attache à ce singulier apologue, auquel d'ailleurs il ne met aucune prétention, quoique de tous les *ouvrages* passés et présents, ce soit incontestablement celui qui s'est vendu le plus et le mieux.

LA ROMANCE DU CHIEN.

Les animaux, dit-on, ne parlent plus : erreur!
    Je soutiens qu'elle est extrême.
    J'en sais un, sur mon honneur,
    Qui parle, et qui chante même :
C'est le chien d'un aveugle. Invoquant la pitié,
A Paris, tous les jours, ce compagnon fidèle
Escorte avec respect son maître agenouillé,
Et même avec esprit lui témoigne son zèle.

Entre ses dents, ami consolateur,
Il tient, sans se lasser, le dessous d'une coupe ;
Et, le quittant parfois, au peuple qui se groupe,
Il chante des couplets dont lui-même est l'auteur.

Je dois faire un aveu modeste ;
Des critiques chagrins, tels qu'il en est de reste,
Gens jaloux de mon chien, prétendent l'avoir vu,
    Et ne l'avoir pas entendu.
C'est qu'ils sont mal tombés. Mon chien, non par caprice,
    Ne chante pas en ce moment :
Il est *indisposé* comme l'est telle actrice,
    Et doit chanter *incessamment*.
Oui : sur son Bélisaire appelant des oboles,
Il chante, et de son maître il est le protecteur.
Certe, il aboie un peu comme plus d'un chanteur ;
Mais on lui passe l'air en faveur des paroles.
    Les voici ; c'est l'accent du cœur :

        « Donnez, donnez pour mon maître
    « Que le malheur accabla.
    « Il ne voit pas ; mais peut-être
    « Quelqu'un là-haut vous verra.

        (D'une façon délicate,
    Ici, plein d'expression,
    Le chien lève au ciel sa patte :
    Mais je reprends la chanson.)

« Naguère il nourrit ma jeunesse :
« Ah ! tout pauvre chien que je suis,
« Quelle sera mon allégresse
« Si, grace à vous, je le nourris ! Donnez, etc.

 « Qui ne plaindrait pas la misère,
« Et ne serait consolateur,
« Du malheureux qui, sur la terre,
« N'a que son chien pour protecteur ! Donnez, etc.

 « Daignez seconder mon envie ;
« Daignez lui donner votre appui.
« Ce n'est pas pour moi que je prie :
« Je n'ai jamais faim qu'après lui. Donnez, etc. »

J'ai souvent entendu ces couplets de sa bouche.
Ces vers, très mal tournés, mais qui le sont très bien
   Pour un chien,
Et sur-tout ce tableau qui pénètre et qui touche,
Triomphent tous les jours du cœur le plus farouche.
Par-là, le pauvre aveugle, au déclin de ses ans,
Reçoit force secours, touche presque des sommes.
C'est à son chien qu'il doit l'attention des hommes.
La pitié des petits est la leçon des grands.

LA LEÇON DE LA FOURMI.

Sur ce tranquille rivage
Où l'homme enfin advenu
Se prépare à son voyage
Pour un pays inconnu ;

A cet âge où ses pensées
Flottent dans un doux loisir
Entre ses erreurs passées
Et ses destins à venir ;

Quand la vieillesse chenue
Met un terme à ses travaux,
Et dételle la charrue
Avant que le jour soit clos ;

Un laboureur sur la terre
Veillait encore aux moissons,
Et sa main sexagénaire
Traçait d'éternels sillons.

La fatigue un jour l'accable
De son poids impérieux ;

Comme il dormait sur le sable,
Une ombre s'offre à ses yeux.

Lui montrant un regard sombre
Sur un visage de paix,
Je suis Salomon, dit l'ombre.
Que fais-tu dans cés guérets ?

— Seigneur, j'évite de suivre,
Dans le travail affermi,
Le paresseux qu'en ton livre
On renvoie à la fourmi.

Cet insecte, dit le sage,
Ne t'instruisit qu'à demi.
Observe un peu davantage,
Et retourne à la fourmi ;

Tu jugeras à merveille,
En voyant un peu plus clair,
Que l'été la fourmi veille
Pour dormir en paix l'hiver.

LES AMIS DE JOB.

Vous connaissez de Job l'histoire infortunée.
Il avait des troupeaux et des biens infinis ;
Mais un double malheur troubla sa destinée :
Il perdit tous ses biens, et garda ses amis.
C'étaient de ces amis que voit encor notre âge,
Qui comblent le malheur en nous le reprochant.
Vous avez eu grand tort. Vous fûtes bien peu sage ;
Vous ne pouviez pas prendre un parti plus méchant.
    Eh ! mon ami, la chose est faite :
Pourquoi m'accables-tu, lorsque tout m'est ravi ?
Par ces amis cruels, par leur voix indiscrète,
Jusque sur son fumier Job était poursuivi.
Lui, jusqu'à ce moment, trésor de patience,
Alors il murmura contre la Providence.
Nous murmurons à moins. Plus susceptible alors,
Dieu lui-même voulut lui reprocher ses torts.
    Il le fit avec véhémence,
    Mais en déployant les trésors
    De la plus sublime éloquence.
Le pauvre Job répond : Seigneur, j'étais soumis,
Et je n'ai murmuré que contre mes amis.
Les amis étaient là. Dieu, l'auguste parole,

Reprend : Ah ! sur ce point j'excuse ta douleur.
    Il n'est pas de plus grand malheur
    Qu'un consolateur qui désole.
Ton malheur fut trop grand ; allons, il est fini
Je veux que l'opulence à jamais t'environne.
    Pour tes péchés je t'ai puni :
    Pour tes amis je te pardonne.
    Il dit, et des amis confus
    S'incline la tête superbe.
La pauvreté de Job est restée en proverbe,
    Et ses amis encore plus.

LE CHEVREUIL ET LE LION.

    Il faut peu voir les grands lorsque l'on est petit,
Sur-tout lorsque ces grands ont beaucoup d'appétit.

    Gentil chevreuil, quel bruit dans nos foréts arrive?
Par le seigneur lion à souper invité,
Comment, disait le cerf, es-tu chez toi resté?
Le chevreuil répondit : D'une crainte assez vive,
Alors que je partais je me sentis frapper ;
    On m'invitait comme convive,
    Et j'ai craint d'être le souper.

HOMÈRE ET HÉSIODE.

Sur ces antiques bords et dans ces jours antiques
Qui respirent au loin des souffles poétiques,
Deux poëtes, plus tard vantés de l'univers,
Disputèrent le prix de la lyre et des vers.
Homère, qu'on nommait alors Mélégisène,
Lutta contre Hésiode aux jeux brillants d'Athène.
Le peuple dut entendre, et le sénat juger.

Hésiode chanta le bosquet, le verger,
La vigne, la moisson, le jour qui les voit naître,
Et les travaux divers du ménage champêtre.
On aimait ses accords et leur simplicité :
Le peuple fut content, mais non pas enchanté.

Homère n'avait pas peint Ilion punie ;
Mais son œuvre déja vivait dans son génie.
Esquisse informe encor d'un sublime dessein,
Déja son univers fermentait dans son sein
Avec ces dieux brillants dont il dota la terre :
L'Olympe véritable est la tête d'Homère.
Ce rapsode divin, de renommée épris,
S'avance dans la lice impatient du prix ;

Et, déja de sa gloire ayant la conscience,
Il chante dans sa force et dans sa confiance.
Il chante les combats, qu'il devait tant chanter.
Il montre des héros que rien ne peut dompter,
Et la pâle défaite, et la victoire altière,
Et des mortels sanglants traînés dans la poussière ;
Et ses vers enflammés du feu de ses combats
Savaient tout embellir, et même le trépas.
Le peuple à ces tableaux est enflammé lui-même :
Son transport rend hommage à ce talent suprême.
L'aréopage opine, et prend un autre essor :
Hésiode vainqueur reçoit un trépied d'or
Où se lit cet arrêt de la sagesse antique :
« Le chantre de la paix, du bonheur domestique,
« A mérité le prix, de la main des mortels,
« Sur celui de la guerre et des combats cruels. »

L'OR ET LES DATTES.

Un Arabe égaré sur l'antique Thabor
Ne trouvait que la faim dans ses roches ingrates.
Il trouve un sac ; il l'ouvre, et ne voit que de l'or !
L'infortuné croyait y rencontrer des dattes.

LE PARTAGE.

Du haut de son Olympe, aux mortels satisfaits,
Jupiter dit un jour : Partagez-vous la terre.
Cet héritage est beau ; qu'on en jouisse en paix ;
Et que tout homme enfin voie en tout homme un frère.

Aussitôt jeunes et vieillards
Se partagent les champs, les forêts, les demeures.
Les femmes même avaient de bonnes parts :
Elles-mêmes étaient de beaucoup les meilleures.

Tous bien lotis voyaient entre eux déja pourtant,
Malgré l'avis du dieu, mille querelles naître ;
Lors devant Jupiter un poëte approchant
Vint réclamer sa part, quand tout avait un maître.

Jupiter, qu'est-ce que j'apprends,
Dit le poëte, et le pouvais-je croire !
Pour le plus cher de tes enfants
Tu n'as pas gardé de mémoire.

Quel reproche ! C'est toi qui, m'oubliant un peu,
Reviens apparemment d'un pays de chimère.

Quand je distribuais tous les biens de la terre,
Où te tenais-tu donc? Auprès de toi, grand Dieu.

Devant tes nobles traits et ton divin génie,
En toi de l'univers je contemplais le roi ;
Des sphères et des cieux j'écoutais l'harmonie :
Les choses de la terre étaient bien loin de moi.

Bien, répond Jupiter, un noble feu t'enivre.
J'ai partagé la terre où rien n'est plus à moi ;
Je n'ai plus que le ciel ; mais, si tu veux y vivre,
Ses portes à jamais s'ouvriront devant toi.

Ainsi, loin des trésors que tant d'autres obtiennent,
Le poëte inspiré, chéri de Jupiter,
Voit la terre à ses pieds, du séjour de l'éclair ;
Le ciel est sa patrie, et ses pensers en viennent.

***

LE TYRAN ET LE DERVICHE.

Bonjour, derviche. — Prince, adieu.
— Tu penses à moi, je parie ?
— Le plus souvent je pense à Dieu ;
Je pense à toi quand je l'oublie.

MINERVE ET L'AMOUR.

Mon fils, c'est aujourd'hui qu'il faut être bien sage,
Disait à Cupidon sa mère au doux langage ;
    Car aujourd'hui j'ai Minerve à dîner.
      L'Amour répond : Soyez tranquille,
Je serai, vous pouvez d'ici l'imaginer,
Envers elle très sage, envers vous très docile.
    Minerve vint. Tout était apprêté
    Pour qu'à Cythère elle fût très contente ;
Là, chaque Grace était vétue et très décente ;
Chaque petit Amour marchait bien ajusté,
Le chapeau sous le bras, et l'épée au côté.
      Minerve, d'eux très satisfaite,
      Sur ses genoux prit leur aîné,
      Et lui fit d'une voix discrète
      Un discours très bien raisonné :
      Il était trop vif, disait-elle :
      Il devait se calmer un peu,
      Être à la raison plus fidèle,
Montrer moins de folie, et sur-tout moins de feu.
      L'enfant écoutait la déesse
D'un air vraiment touché d'un sincère retour.
    Mais, cependant qu'épuisant son adresse,

La Sagesse prêchant veut endormir l'Amour,
Voilà que le fripon en prêchant à son tour
   Endort doucement la Sagesse.

LA GOUTTE D'EAU.

   Une goutte d'eau, de la nue,
Tombe en l'océan irrité,
Et croyait bien, faible, inconnue,
Périr dans son immensité.
Dans une coquille entr'ouverte,
Voilà qu'elle échappe à sa perte,
S'y consolide lentement,
Et bientôt, perle ravissante,
S'en va d'une tête charmante
Être le plus bel ornement.

   Ainsi souvent s'élève une grande famille.
Ne désespérez pas dans les moindres emplois.
   On devient perle quelquefois ;
   Mais il faut trouver sa coquille.

LA FEMME ADULTÈRE.

Farouche sermoneur qui nous prêches la crainte,
Et donnes à ton Dieu ton air rude et cruel,
Ton Dieu n'est pas le mien ; je te le dis sans feinte.
L'indulgence jadis nous arriva du ciel.

Des Juifs, ayant surpris une femme adultère,
Vers un sage autrefois osèrent la guider.
Moïse, criaient-ils, dit de la lapider ;
Vous, quel est votre avis, que devons-nous en faire ?

Que celui d'entre vous qui n'a jamais péché
    Lui jette la première pierre,
    Répond le sage ; et sur la terre
    Son regard demeure attaché.

Sans bruit ,à ce mot-là, tous les Juifs s'éloignèrent.
Même on a remarqué que les vieillards alors
    Tous des premiers se retirèrent.
Plus anciens, ils sentaient qu'ils avaient plus de torts.

Demeuré seul avec la femme criminelle,
Le sage dit : Allez, ne péchez plus. Adieu.

Voilà de l'indulgence un précieux modèle.
Aussi, mes chers amis, cet homme était un Dieu.

LE PHILOSOPHE ET LE LIBERTIN.

Cet avis est sensé, dût-il être importun :
Prenons garde au précepte, et non moins à l'apôtre.
L'aliment le plus sain pour l'un
Est souvent un poison pour l'autre.

Voilà le printemps de retour,
Sa carrière est bientôt remplie :
Le printemps, l'hiver, tour-à-tour,
Tournent les pages de la vie.

Trop tôt nos moments sont finis ;
Profitons de ceux qu'on nous laisse.
Un philosophe à ses amis
Prêchait en ces mots la sagesse.

Un libertin de son côté,
Tenant en sa main une rose,
Prêchait aux siens la volupté,
Et leur disait la même chose.

L'ACADÉMIE SILENCIEUSE.

Les bavards sont à détester :
Que j'aurais de droits de m'en plaindre !
Mais pour ne pas les imiter
Il faut renoncer à les peindre.

Une société naguère avait fait vœu
De suivre ce statut pour des bavards terrible :
« Penser beaucoup, écrire peu,
« Ne parler que le moins possible. »

Or, dans cette réunion,
Comme une place un jour était vacante,
Le docteur Zeb, auteur du livre le *Bâillon*,
Avec son in-vingt-quatre accourt et se présente.

Des membres rassemblés le cercle se tenait :
Sans se perdre en discours aussi longs que les nôtres,
Le docteur laconique écrit sur un billet :
Messieurs, le docteur Zeb voudrait être des vôtres.

L'écrit à ces messieurs ne vint pas assez tôt,
Ils venaient de nommer le bel esprit Hilaire,

Qui parlait assez bien, mais parlait un peu trop ;
Et l'auteur du *Báillon* était mieux leur affaire.

    Quel dommage ! et comment exprimer un refus ?
Enfin au docteur Zeb, que d'entrer on convie,
    Sans dire un mot, le président confus
    Montre une coupe exactement remplie.

    Zeb croit pouvoir répondre à ce raisonnement ;
Une feuille de rose est par lui ramassée,
Et, sur l'onde aussitôt posée adroitement,
Du modeste docteur exprime la pensée.

    On applaudit d'une commune voix ;
    Et, la réponse étant des plus heureuses,
    Chacun se dit : Laissons dormir les lois.
    Vous savez bien que les lois sont dormeuses.

    Tout récipiendaire en cette occasion,
Du système adopté suivant toujours la base,
Devait sur le registre écrire tout son nom,
Et puis remercier en une seule phrase.

    Zeb, pour ne pas parler, prend un moyen nouveau ;
Ayant inscrit son nom après les cent confrères,
En chiffre il écrit 100, avant fait un zéro (0100),
Et met : Vous n'en vaudrez ni plus ni moins, mes frères.

Comme on applaudissait ce discours peu diffus,
Le président charmé vient s'emparer du livre ;
Il trace un autre 100, d'un zéro le fait suivre (1000),
Puis il écrit au bas : Nous vaudrons dix fois plus.

De la société feuilletant les mémoires,
J'en ai tiré ce fait pour l'offrir à vos yeux.
Méditons ces discours, modèles précieux,
Pour tous les beaux discours qu'on appelle oratoires.

LES DENTS ET LA LANGUE.

Il faut avoir du caractère,
Mais il n'en faut pas trop pourtant.
Voici ce qu'à Bagdad un père
Disait un jour à son enfant,
Dont rien ne pliait l'humeur fière :
Mon ami, voilà soixante ans
Que j'ai commencé ma carrière ;
Mes dents ont péri dès long-temps,
Et ma langue est encore entière.

L'INFORTUNÉ.

VALÈRE.

Oui, je suis des mortels le plus infortuné :
A d'éternels malheurs le sort m'a condamné.
Rien ne me réussit, et je suis trop à plaindre !

DAMON.

Oui, je conviens d'abord que votre appartement
N'est pas beau.

VALÈRE.

Pas si laid. J'y suis commodément.
Demain on doit venir le peindre.

DAMON.

Vous avez peu de bien ?

VALÈRE.

Pas si peu. Franchement
Ma fortune est bien suffisante.
J'ai quelque mille francs de rente
Que l'on me paie exactement.

DAMON.

Votre maison des champs pour vous est un vampire ?

VALÈRE,

Pas si vampire qu'on dirait.
Vous n'imaginez pas tout ce que j'en retire.

Et puis j'y suis si bien ; là mon cœur se distrait
De ces chagrins nombreux dont je ressens l'empire.

DAMON.

Votre santé...

VALÈRE.

Pas mal, et j'en suis très content.

DAMON.

Votre femme, dit-on, est coquette.

VALÈRE.

Pas tant ;
Et c'est sur-tout à moi que ma femme veut plaire.

DAMON.

Vos enfants ont des torts ?

VALÈRE.

Pas de si grands pourtant.
Leur cœur est excellent, si leur tête est légère.
Ils sont fort bien.

DAMON.

Je vois l'objet de vos regrets :
On a trouvé vos vers mauvais.

VALÈRE.

Pas si mauvais.
La critique a parfois attaqué mes ouvrages ;
Mais je suis honoré des plus brillants suffrages.
Mes plans sont bien conçus, et mes vers bien tournés.

DAMON.

Dites-moi donc, mon cher, de quoi vous vous plaignez.

DIEU CAUTION.

A Bagdad autrefois vivait un commerçant,
Homme religieux, plein de délicatesse,
Et dont toujours la main s'ouvrait à l'indigent.
Dieu vit avec plaisir son cœur compatissant,
Et renversa sur lui l'urne de la richesse.
  Cet homme un jour voulant encor
  Doubler sa fortune et son or,
Sur deux fois cent chameaux la chargea tout entière,
Prit la route de l'Inde, et préalablement
A l'Être qui peut tout adressa sa prière.
Mais son avidité déplut apparemment.
D'Arabes indomptés une troupe profane,
Près de Madras, le jour étant sur son déclin,
Au marchand enleva toute sa caravane,
Et l'abandonna seul et nu comme la main.
Tel est riche aujourd'hui, qui mendiera demain.
Ainsi fut le Persan. Au comble des misères,
La pitié lui prêta des habits mercenaires.
Arrivé dans Madras, il demanda d'abord
Le plus riche marchand qui fût dans cette ville,
Fut le trouver, le vit, lui raconta son sort,
Et lui dit : Prêtez-moi huit cents sequins ou mille.

Mille sequins! dit l'autre **en** reculant d'un pas ;
J'ai confiance en vous quand je vous envisage ;
    Mais cependant n'auriez-vous pas
    Quelque caution, quelque gage?
Le Persan répondit : On m'a tout pris, hélas !
Mon visage prévient, mais ma mise est suspecte.
Je ne saurais blâmer votre précaution ;
    Mais de ma foi que je respecte
Je ne puis vous offrir que Dieu pour caution.
    Dieu... dit l'autre, eh bien je l'accepte.
Avec ce répondant, remplissant votre vœu,
Il me plait d'obliger un aussi galant homme.
Voilà mille sequins ; mais écrivons que Dieu
    Est le garant de cette somme.

    Le Persan remercie, et sans perdre de temps
    Domptant la fortune étonnée,
Voyage, et fait si bien qu'à la fin de l'année
Chacun de ses sequins avait eu cinq enfants.
L'échéance arrivait ; mais une mer barbare
    De son créancier le sépare,
Et, combattant entre eux, les autans et les flots,
Retiennent dans Ormuz les pâles matelots.
Notre homme, autre César, prétendait à Neptune
Confier en partant sa vie et sa fortune :
Il voulait s'acquitter ; mais il eut cet ennui
Qu'il n'eut point d'Amyclas pour se charger de lui.
Le chagrin s'empara de son ame inquiète.

Tout honnête homme est mécontent
Tant qu'il n'a pas payé sa dette.
Enfin de jour en jour la santé le quittant,
Sa confiance en Dieu le décide et l'inspire.
Il creuse un bois léger, le vernit de ses mains,
Là, de son créancier enferme les sequins,
Et confie à la mer ce fragile navire.
Dieu clément, dit l'auteur d'un projet si nouveau,
Toi de qui la bonté veillant sur la nature
Donne la vie au faible oiseau,
Au vermisseau sa nourriture,
Toi dont la sainte caution
Me releva dans ma détresse,
O Dieu, prends ces sequins sous ta protection,
Et fais que ce paquet arrive à son adresse.

Dieu l'entendit du haut de son trône éclatant,
Que d'archanges soutient une élite vermeille.
Muet pour l'orgueilleux, et sourd pour le méchant,
La prière du juste arrive à son oreille.
Il sourit, ce Dieu protecteur,
Au Persan qui faisait la sienne
Dans la simplicité du cœur.
Oui, je veux que par moi ton crédit se maintienne,
Dit-il, et dans l'instant l'archange Gabriel
S'envole par son ordre aux indiens rivages ;
Il plonge dans la mer, qui menaçait le ciel,
Et pousse les sequins au travers des orages.

Trois jours après, vers cinq heures, je crois,
L'habitant de Madras en marchant sur la rive,
          Assez près de lui, de ce bois
          Vit la figure fugitive.
      Ce que tu vois, tâche de le saisir,
Dit-il à son esclave ; et l'esclave s'empresse ;
          Mais il ne peut y réussir :
Toujours le bois trompeur échappe à son adresse.
Maladroit ! dit le maître assez mal à propos :
Il approche, et sans peine il le dérobe aux flots.
          Jugez de sa surprise étrange
Alors qu'il lit son nom, et lit de plus ces mots
          De l'écriture de l'archange :
      « Ton débiteur s'acquitte en ce moment,
      « Et, tu le vois, la créance était bonne :
      « Ce que l'on prête à l'honnête indigent
      « Ne peut se perdre, et Dieu le cautionne. »

      Quand la tempête enfin emmena la terreur,
          Et dès que l'aimable zéphire
          A la mer long-temps en fureur
          Eut surpris un premier sourire,
Le Persan rétabli, mais non pas rassuré
          Par son envoi très hasardeux sans doute,
Prêt à payer deux fois, à ses craintes livré,
Avec mille sequins, de Madras prit la route ;
      Mais du plus loin qu'il le vit, l'Indien
Accourut, lui criant : Vous ne me devez rien ;

Voilà votre billet ; qu'il ne vous inquiète ;
Je le déchire avec juste raison :
Car Dieu lui-même a payé votre dette.
Parlez : sur cette caution
Que voulez-vous que je vous prête ?

LA NOBLE AVARICE.

Que le ciel soit propice à Nourkivan-le-Juste !
Quand il n'était encor que fils du roi des rois,
Il prodiguait ses dons ; il fêtait à-la-fois
L'artiste et l'amateur, l'arbre et le faible arbuste.
A briguer ses regards des chanteurs assidus,
Sans cesse le priaient de daigner les entendre,
Et partaient enrichis s'ils étaient entendus.
Aussi, dès qu'il fut roi, tous les chanteurs connus
Vers lui de toutes parts crurent devoir se rendre.
Il écouta leurs chants, il sourit à leurs soins,
Il les loua beaucoup, mais il les paya moins.
L'un d'eux s'en étonnant, le souverain auguste
Dit : « Ce n'est plus mon bien que je puis vous donner ;
« C'est celui de mon peuple, et je dois l'épargner. »
Que le ciel soit propice à Nourkivan-le-Juste !

LE VISIR ET LE SULTAN.

Un visir insulté vint réclamer vengeance.
Un poëte effréné, dit-il, grand Aaron,
Sur moi-même et sur vous répand son insolence.
Le sultan répondit : J'ai part dans ton offense,
Et prends, si tu m'en crois, ta part dans mon pardon.

LE MAITRE ET L'ÉCOLIER.

A l'eau du puits sacré je dois tout mon savoir,
Disait un musulman, des lois sage interprète.
Il en buvait souvent, et, malgré son pouvoir,
    Par l'étude, matin et soir,
  Il secondait les bontés du prophète.
Un jeune homme charmé d'un exemple si beau
Le comprit assez mal, bien qu'assez il s'explique :
Il n'étudia plus, but toujours de cette eau,
Crut devenir savant, et devint hydropique.

LA MÉGALANTHROPOGÉNÉSIE.

Naguère un savant nous apprit
Un art fort à ma fantaisie,
L'art d'avoir des enfants d'esprit,
Et qu'en bon français il écrit
Mégalanthropogénésie.
L'heureux inventeur de cet art
Mériterait bien des couronnes,
Et, s'il l'eût inventé moins tard,
Eût obligé bien des personnes.
Voilà ce que je me disais,
Charmé, jaloux de ses succès ;
Mais voilà mon ame troublée
Dans sa juste admiration :
Une antique narration,
D'un vieux manuscrit rappelée,
M'apprend que cette invention,
Des anciens est renouvelée.

Dans une île au loin isolée
Un savant, ennuyé des sots,
Trouva ce secret à propos
Pour dissiper leur assemblée

Il fallait du temps, il est vrai ;
Mais dans les champs et dans les villes
S'affaiblit, du premier essai,
La faction des imbéciles.
Tous les enfants qui survenaient
Petillaient d'esprit, étonnaient
Par mille réponses subtiles.
Dont il advint que les parents
Usèrent tous de la recette,
Et leurs enfants devenus grands
Furent une espèce parfaite.
Chacun était peintre, poëte,
Musicien ; à tout propos
On voyait jaillir les bons mots
Dans des répliques toujours prétes ;
Et de long-temps on ne comprit
Comment tant de femmes honnétes
Procuraient tant de gens d'esprit
Pour successeurs à tant de bétes.

Mais un grand malheur qui surprit
Troubla ce résultat prospère.
Quand tout le monde eut de l'esprit,
Tout le monde voulut en faire.
On ne voyait que des essais
Toujours brillants, toujours parfaits.
Par de rapides escalades
Au génie on osa monter,

Et déja l'on pouvait compter
Jusqu'à cinq ou six Iliades
Que l'on ne pouvait trop vanter.
Mais tandis que l'on s'abandonne
A mille essais particuliers,
Tandis que, sans qu'on s'en étonne,
On fait des poëmes entiers,
On ne rencontre plus personne
Qui veuille faire des souliers.
La main en serait profanée.
Les arts vulgaires sont perdus.
Des chemises, on n'en fait plus,
Et la cuisine est dédaignée.
Le pis de tout est que l'on fait
De l'esprit sur l'agriculture.
Chacun a quelque outil parfait
Qui doit tous les autres exclure;
Chacun, un nouveau procédé
Qui sur l'évidence est fondé,
Et va corriger la nature.
Dans cette île admirable, enfin,
Par-tout des projets et des notes ;
Mais on allait mourir de faim,
Et l'on n'avait pas de culottes.

Par bonheur, et par grand hasard,
Avec quelqu'un sur cette terre
La mort se trouvait en retard.

En sens commun certain vieillard
Avait l'esprit qu'il n'avait guère.
Il n'eut pas de peine à juger
Tout le mal et tout le danger.
Quand chacun avec **élégance**
Raisonnait sur la décadence,
Quand, cherchant un terme moyen,
Trente opinions ennemies
Se formaient en académies,
Bon secret pour ne faire rien,
Il fit mieux que les plus habiles ;
Et sur le continent lointain
Il s'en va chercher un matin
Une récolte d'imbéciles.
Quand il revint après deux mois,
Il retrouva l'île aux abois :
Dans cette île spirituelle
On manquait de tout à-la-fois,
Hors de chagrin et de querelle.
Il amena des laboureurs,
Des maçons, cuisiniers, tailleurs,
Gens grossiers, mais fort nécessaires
Dans de fort utiles affaires.
Accueillis, estimés, choyés,
Ils tournèrent presque les têtes.
Les gens d'esprit, d'esprit noyés,
Pour changer, aimèrent les bêtes.
D'ailleurs ils en voyaient le prix.

Leurs destins devenaient moins sombres.
Il faut des bêtes aux esprits,
Comme au soleil il faut des ombres.
Gardant le triste souvenir
De cette bizarre aventure,
On jugea devoir s'en tenir
Aux dons que le ciel nous procure,
Et sur les enfants à venir
S'en rapporter à la nature.
C'est ainsi que fut exilé
De l'île de crainte saisie
Ce brillant système appelé
Mégalanthropogénésie,
Et de nos jours renouvelé.
Ici-bas, comme sa limite
Tout a ses droits et son pouvoir.
Des sots jugeons mieux le mérite,
Sans tâcher pourtant de l'avoir

LES ÉPIS.

Un vieux cultivateur dit un jour à son fils,
Jeune ignorant, bien vain, qui faisait mainte faute :
De ce fertile champ observe les épis ;
Ceux qui ne portent rien ont tous la tête haute.

LES ÉCHECS.

Le jeu des rois, le roi des jeux,
C'est le jeu d'échecs, je l'avoue.
J'avoue en même temps qu'il est trop sérieux.
De jouer on n'a pas trop l'air, quand on y joue.

.Mais qu'il a d'intérêt ! que de combinaisons !
Que d'utiles conseils sous un plaisir frivole !
Il renferme tant de leçons,
Que là, sans le savoir, les rois vont à l'école.

J'aime ces conseils indulgents
Donnés sans insolence et compris sans études ;
Car les rois, depuis quelque temps,
Ont des précepteurs un peu rudes.

J'entends les rois de l'Occident,
Princes dont l'indulgence avec peine se cabre ;
Mais je ne parle pas des rois de l'Orient.
Les avis sont discrets où la charte est le sabre.

Haine, horreur avant tout à ces sultans cruels
Dont l'histoire a conté les attentats insignes !

Ils sont les derniers des mortels
Ceux qui sont les premiers, et s'en rendent indignes.

Tel n'était point Sirham, jeune prince indien.
Il était bon, clément, encor qu'un peu colère.
Dans son royaume il aurait fait le bien,
Si le bien n'était pas si difficile à faire.

Il laissait son visir s'endormir comme lui.
Laissant tomber les tours qui gardaient son royaume,
Il n'aimait que les fous qui charmaient son ennui,
Et méprisait son peuple assemblé sous le chaume.

Tout allait assez mal, loin d'aller comme il faut;
Mais qui prêtait mal l'oreille
Entendait dire tout haut
Que tout allait à merveille.

Ayant de ses erreurs quelque pressentiment,
Sirham, qui s'ennuyait, s'ennuya davantage.
Qu'on m'invente, dit-il, un jeu bien amusant.
Sa cour inventait peu, je gage.

Cependant un désordre intestin et fatal
Commençait à gagner des provinces entières.
Les préfets du pays obéissaient très mal;
Les ennemis menaçaient les frontières.

Ce fut alors qu'un brame respecté,
Sisla, fils de Taher, vrai génie et vrai sage,
Du jeu d'échecs qu'il avait inventé
A Sirham vint offrir l'hommage.

Tout tient au *roi*, dit-il ; avec des soins prudents,
Il marche pas à pas, mais il marche en tous sens ;
Il combat, s'il le faut, mais rarement s'expose :
S'il est *échec et mat*, il a perdu sa cause.

Mais s'il va lentement, son *visir* bien loyal
Doit voler en tous sens dans toute l'étendue.
Il s'expose en soldat, ordonne en général ;
Et par lui la partie est gagnée ou perdue.

Du royaume les *tours* sont, après le visir,
Quand on les place bien, la meilleure espérance ;
Et, menaçant de loin qui veut les assaillir,
Sont bonnes pour attaque autant que pour défense.

N'ayant point le mérite aux tours attribué,
Les *fous*, car il en faut, ont une marche oblique.
Souvent c'est un grand bien qu'un fou bien employé,
Et pour les rois alors leur mérite est unique.

Soignez vos *cavaliers*. Pour garder un pays,
Leur vol irrégulier est parfois nécessaire.

Utiles défenseurs, dangereux ennemis,
Ils pénètrent souvent au camp de l'adversaire.

Fort bien, disait Sirham. Bramine ingénieux,
Mais à quoi bon ces *pions* placés devant ces pièces?
Ils ne font que géner; débarrassez-moi d'eux,
Et des petites gens de toutes les espèces.

Que dites-vous, seigneur! Non, je n'en ferai rien,
Répond le sage; aux pions votre intérêt vous lie:
Lorsque vous connaîtrez ce jeu, vous verrez bien
Qu'un pion de moins suffit pour perdre la partie.

Un pion aussi la gagne. Il est souvent l'appui
De tel puissant qui le décrie.
Il marche pas à pas, et toujours devant lui,
Ne recule jamais, et meurt pour la patrie.

Roi, ménagez les pions; préts à bien vous servir,
Ils sont bons quand on joue, et méme quand on règne:
Tel pion qui suit sa route est un futur visir;
Et tel échec et mat vient du pion qu'on dédaigne.

Eh mais! répondit le roi,
Frappé de ce dialogue,
Ami bramine, je croi,
Ton jeu n'est qu'un apologue!

Voyons s'il est amusant.
Et ce chef de tant de villes
Reçoit, en s'intéressant,
Les leçons les plus utiles.

Le visir survenant, dès qu'il entend sa voix,
Çà, mon visir, lui dit son maître,
Regarde : mon visir de bois
Est actif et prudent comme tu devrais l'être.

Notre visir trouva ce jeu mal inventé.
Mais, consolant l'auteur du succès qu'on dénie,
Bramine, mon ami, dit le prince enchanté,
Ce jeu, c'est la raison montrée avec génie.

Va, je profiterai de tes avis divers ;
Et je veux qu'une récompense,
Pour tes conseils qui me sont chers,
Te prouve ma reconnaissance.

Parle, demande hardiment,
Je te promets tout par avance :
Ainsi parlait le roi de ce peuple indigent,
Qui lui trouvait parfois trop de magnificence.

Eh bien ! de ce présent, dit le sage comblé,
Que mon échiquier soit la base ;

Je vous demande un grain de blé
Multiplié par chaque case.

Le roi se fâcha presque, et le sage insistait.
Quand il fallut compter, au prince l'on vint dire
Que ce don, cru par lui trop modique, épuisait
Tous les trésors de son empire.

Roi, dit le sage, pardonnez
A cet autre apologue, autre plaisanterie.
Ne donnez pas trop, je vous prie,
Et sachez ce que vous donnez.

Telle est du jeu d'échecs l'origine certaine.
L'Occident plus courtois l'a changé quelque peu :
Le visir en Europe est devenu *la reine;*
Et quelquefois cela gâte le jeu.

LES DEUX JUGES.

Doux rossignol, sais-tu qu'on attaque tes chants ?
— Serait-ce la fauvette, ô ciel ! qui les condamne ?
— Non ; mais l'âne frondeur les trouve peu touchants.
Le poëte des bois répondit : C'est un âne.

LE MALHEUR.

J'ai vu Nasser, long-temps, dans son destin prospère,
Le plus heureux parmi les enfants de la terre ;
Et les anges du ciel, souriant à son nom,
Chérissaient son bonheur ; car Nasser était bon.
Nasser, chaque matin, dans une douce ivresse,
Ouvrait ses yeux au jour, son ame à l'allégresse.
Il pressait dans ses bras, il aimait à bénir
Deux fils, son cher espoir et son noble avenir.
Il les voyait brillants de grace et de jeunesse
Écouter ses leçons, lui prouver leur tendresse ;
Et, de pleurs de plaisir souvent encor baigné,
Il allait essuyer ceux de l'infortuné.
Ses égards délicats, sa noble bienfaisance,
Convertissaient l'ingrat à la reconnaissance,
Et son cœur, s'enivrant de pures voluptés,
Jouissait des amis qu'il avoit mérités.

J'étais un des plus chers. En d'assez longs voyages,
J'allai de vingt pays étudier les sages ;
Et je me dis par-tout en sortant d'auprès d'eux :
Nasser est le plus sage et le plus vertueux.
Enfin je vins revoir Nasser et ma patrie.

D'abord que j'eus pressé cette terre chérie,
Je courus chez Nasser ; j'y volais plein d'espoir,
Jouissant de l'accueil que j'allais recevoir.
De Nasser, me dit-on, vous cherchez la demeure ;
Nasser n'est plus le même. Il fut heureux : il pleure.
Apprenez du destin les arrêts accablants :
Nasser a dans un jour perdu ses deux enfants,
Et, vaincu du malheur, du mal qui le consume,
Loin de tous ses amis il nourrit l'amertume.

Ce discours retentit dans mon cœur éperdu,
Ainsi que de la foudre un coup inattendu.
Je m'arrêtai d'abord, plein d'une horreur subite.
J'allai chez mon ami, mais je courais moins vite.
J'entrai dans le désert de sa triste maison.
Dieu ! qu'était devenu Nasser, jadis si bon !
Son accueil repoussant, son regard morne et sombre,
A mes yeux interdits ne montraient que son ombre.
Je l'observai long-temps, plein d'un muet effroi,
Et je lui dis enfin : Nasser, ce n'est plus toi.

— C'est moi, répondit-il, ta surprise m'étonne.
Mais je suis malheureux, je ne vois plus personne.
Je croyais aux amis, je comptais sur leur cœur ;
Mon bonheur leur plaisait : tous ont fui ma douleur.
— Tous ! oui, je le crois bien, cette foule importune,
Fourbes que sans effort démasque l'infortune ;
Mais Bénassar, Zamet, amis dignes de toi...

—Bénassar n'a pleuré qu'une fois avec moi.
Zamet d'abord m'a dit : Oh ! viens dans ma demeure.
Parlons de tes enfants chaque jour, à toute heure ;
Auprès de ton ami, Nasser, viens et reviens
Exprimer tes regrets auxquels j'unis les miens.
Voilà ce qu'il disait : espérance trop vaine !
Déja sur mes enfants Zamet m'écoute à peine,
Et semble désormais chercher mes entretiens,
Pour oublier mes fils et me montrer les siens.
Méprisant le chagrin dont mon ame est la proie,
Sans cesse il me condamne à l'aspect de sa joie.
Il aigrit mes douleurs, et son cœur sans pitié
Me fait un long tourment de sa froide amitié.

    —O combien ce discours me confond et m'afflige !
Je ne l'attendais pas, ô Nasser ! Quoi ! lui dis-je,
Tu veux que tes amis supportent ta douleur,
Et ne peux supporter l'aspect de leur bonheur !
Sans égard, auprès d'eux, ton regard empoisonne
Le plus pur sentiment que l'Éternel nous donne :
Fidèles, ils voudraient adoucir tes chagrins ;
Tu troubles leur plaisir, et c'est toi qui te plains !
Ah ! malheur à celui dont l'aigreur trop commune
Ose ajouter aux maux que souffre l'infortune ;
Mais l'équité le veut, je te l'avoue ici :
O Nasser ! le malheur a ses devoirs aussi.

    Nasser lève les yeux ; Nasser me considère

D'un regard de surprise, et non pas de colère.
Il se fait à lui-même un reproche secret,
Et, me serrant la main, dit : J'irai chez Zamet.

On vint en ce moment nous donner pour nouvelle
Que, frappé tout-à-coup d'une peine cruelle,
Zamet venait de perdre au rivage indien
Un navire chargé des trois quarts de son bien.
L'ayant bercé long-temps d'infidèles promesses,
L'affreuse mer avait englouti ses richesses.
Accablé de douleur à ce triste récit,
Nasser me regarda : c'est tout ce qu'il me dit.
Il courut chez Zamet. Quand, une heure écoulée,
Je le vis revenir au sein de sa vallée,
Quel changement ! combien il était loin de lui,
Cet air que la douleur disputait à l'ennui !
Il avait ce regard que nul art ne peut feindre,
Que les anges ont seuls, et qu'eux seuls pourraient peindre,
Regard que Dieu lui-même admire satisfait,
Et prête au bienfaiteur pour prix de son bienfait.
J'ai vu Zamet, dit-il : dans son malheur extrême,
Sa famille pleurait, et j'ai pleuré moi-même.
J'ai fait mieux : réparant un funeste hasard,
J'ai su de ses revers effacer une part ;
L'autre disparaîtra, si l'Être en qui j'espère
Me laisse encor des droits à protéger mon frère.
O Nasser ! m'écriai-je, ami qui m'affligeais,
Je ne te voyais plus, mais je te reconnais.

Vers tes nobles vertus l'amitié te ramène.
Ah ! tu verras Zamet et le verras sans peine
Être heureux au milieu de ses enfants chéris.
Oui, répondit Nasser, au milieu de ses fils !

O Nasser ! oh ! crois-moi, dans tes pertes amères,
Venge-toi du destin en secourant tes frères ;
Tu jouiras encore en te voyant aimé.
Dieu bénit le mortel que bénit l'opprimé.
Le temps doit triompher des douleurs les plus fortes.
Pour sortir du malheur nous avons mille portes ;
Mais, quoi ! la bienfesance offre d'abord pour nous
Le chemin le plus court ensemble et le plus doux.
En aidant son voisin, pour soi-même on moissonne.
On a toujours sa part du bonheur que l'on donne.
Qui servit les humains en recueille l'amour :
L'encens nourrit la flamme ; et la flamme à son tour,
D'un soin reconnaissant, sur la terre charmée,
Exhale de l'encens la vapeur embaumée.

LE RENARD MOURANT.

Un renard se mourait : c'est l'instant des remords.
A ses fils assemblés il avouait ses crimes.
Dieu ! disait-il, j'entends des sombres bords
Les cris de mes pâles victimes.
Ciel ! je les vois jusqu'en ces lieux
Du royaume des morts apparaître à mes yeux.
Je vois, je reconnais mes chapons, mes poulardes.
Que voulez-vous de moi, fantômes des outardes?
O douleur ! les dindons, devenus plus hardis,
Viennent me croquer, moi, qui les croquai jadis !
Eh bien ! où courez-vous, mes fils, méchante race?
Vos appétits gloutons se laissaient décevoir,
Et vous croyiez manger ce que je croyais voir.
Loin de vous ces pensers ! mes chers enfants, de grace,
Craignez les erreurs de la dent.
Au nom de la vertu, mettez-vous au chiendent.
Ne mangez plus jamais créature ayant vie,
Et, vous gardant de tous mets défendus,
Imitez, je vous en supplie,
Votre père mourant, qui n'en mangera plus.
Eh ! mais, qu'entends-je? et quel bruit agréable !
Oh ! cette fois c'est la voix véritable

D'un coq qui s'est égaré sûrement.
Je vois de le happer votre desir extrême.
Pour vous faire plaisir, j'en goûterai moi-même.
Plumez-le, mes amis ; mais plumez doucement.

LE GRIS.

Deux hommes disputaient, disputaient avec rage.
C'est du noir, disait l'un, rien n'est plus évident.
    Non, disait l'autre, c'est du blanc.
—C'est du blanc. — C'est du noir. Ils faisaient un tapage
Énorme, quand vers eux vint un de leurs amis,
Qui dit : Vous êtes fous tous les deux ; c'est du gris.

    C'en était en effet. Mais les deux adversaires
Restent, dans leurs avis, plus obstinés toujours.
    Le pauvre ami perd ses discours
    A vouloir convertir ses frères :
Que dis-je! tous les deux s'unissent contre lui.
C'est ce qu'on voit souvent encor, même aujourd'hui.
Ainsi chez les humains s'élèvent des tempêtes.
Tout est noir, tout est blanc, selon certains esprits.
Hélas! il n'en est rien que dans leurs folles têtes.
Rien n'est blanc, rien n'est noir, et l'univers est gris.

~~~~~~

LE MANTEAU.

Vous qui, du coin du feu, vantant l'ombre des hêtres,
Ne parlez que des biens et des vertus champêtres,
De la saine raison vous bravez tous les droits.
Vous n'avez regardé jamais les villageois,
Leurs vices, leur esprit, leurs rapines hostiles,
Et les fripons des champs pires que ceux des villes.
Sur-tout vous ignorez les rigueurs, les mépris
Qu'ils gardent trop souvent à leurs parents vieillis.
J'ai vu dans mes jardins Lisis octogénaire
Préférer le travail, dans les jours de l'été,
    A l'horrible hospitalité
Chez des enfants ingrats dont elle était la mère.
Tous ne sont pas ainsi. Des traits assez touchants
Prouvent qu'il est des cœurs où la vertu s'épure,
    Et parfois, même dans les champs,
On reconnaît le cri de la nature.

    Pour marier son fils Julien,
Lycas, aux jours de sa vieillesse,
L'avait doté de tout son bien.
Il lui disait gaiement : Il ne me reste rien
~~~~~~

Que le trésor de ta tendresse.
Ce trésor s'épuisa, même assez promptement.
Le fils ingrat au pauvre père
Supprima les égards, et successivement
Supprima jusqu'au nécessaire.
Le vieillard, dévorant les refus, les mépris,
Caressait Paul, son petit-fils,
Qui le dédommageait par un amour sincère.
A Lycas un matin Julien vint découvrir
Que les temps étaient durs, et qu'après bien des pertes
Qu'il avait récemment souffertes,
Il ne le pouvait plus loger, ni le nourrir.
Le vieillard répondit : Je vais vous obéir ;
Mais je suis nu. Les champs sont hérissés de glace.
Je ne demande plus comme dernière grace
Que quelque habit pour me couvrir.
Quelque habit, dit Julien... encore un sacrifice !
Il est vrai, le temps n'est pas beau...
Mon petit Paul, rends-moi service :
Va-t'en chercher mon vieux manteau
Pour que ce vieillard s'en vêtisse.
Paul, qui part à la fin, surpris, pétrifié,
Revient, et du manteau rapporte la moitié.
Qu'est-ce que je vois là? dit Julien en colère.
Quoi ! du don que je fais serais-tu donc jaloux?
Paul, ce seroit très mal. Paul dit : J'ai cru bien faire.
— Pour qui gardes-tu donc l'autre moitié?— Pour vous,
Lorsque vous serez vieux, mon père.

Julien, que vint frapper cette leçon sévère,
De son indignité se repentit... bien tard.
Par crainte de son fils, il conserva son père,
Et le débile enfant protégea le vieillard.

~~~~~~

LA POULE AU POT.

Dans une basse-cour en Béarn établie,
   Canards, poules, gens très bavards,
   Un matin vantaient leur patrie.
Ils en vantaient sur-tout les poules, les canards.
   Puis, descendant à des objets moins graves,
Des sages, des héros ils disaient quelque bien,
Et vantaient dans Henri, leur cher concitoyen,
   Le meilleur des rois et des braves.
Tous ils s'extasiaient sur lui, quand un dindon,
   De ces causeurs perçant la foule,
   Leur dit : Ce prince était si bon,
Qu'au village il voulait que, dans chaque maison,
Chaque dimanche au moins, on eût au pot la poule.
   La poule au pot ! ciel ! quel vœu destructeur !
Les poules, à ce mot, se récriant d'horreur,
De leur opinion s'empressent de rabattre ;
   Et, chassant le triste dindon,
Disent, depuis ce jour, en toute occasion,
   Pis que pendre de Henri quatre.
~~~~~~

C'est fâcheux : par bonheur le vainqueur de Coutras
A droit qu'en sa faveur tous les Français réclament.
L'univers est pour lui, si les poules le blâment.
Mangeons la poule au pot, mais ne la croyons pas.

LE PAON ET LE ROSSIGNOL.

Le rossignol, le paon, un jour se rencontrèrent,
Et long-temps ensemble ils causèrent.
Le paon causa comme un vrai sot qu'il est.
Le rossignol charma l'esprit comme l'oreille.
Le paon, alors qu'il s'en allait,
Disait tout bas : Il est bien laid.
L'autre dit seulement : Il est mis à merveille.

O toi qui sur le mal sais te taire à propos,
Et ne dis que le bien sur chaque personnage,
Indulgence, vertu du sage,
Sur les méchants et sur les sots
Que tu prends un noble avantage !

LE VISIR JUSTIFIÉ.

Heureux le souverain qui, cherchant un appui
Contre le flot d'erreurs qu'il faut toujours combattre,
Sait du moins emprunter la sagesse d'autrui !
Qui conserve un Sully vaut presque un Henri quatre.

Tel se montra Mahmoud. Amoureux des plaisirs,
Il fesait aux Persans craindre un règne sinistre.
Les femmes, les flatteurs amusaient ses desirs ;
Mais il fut un bon prince : il eut un bon ministre.

Son visir jour et nuit aux travaux se livrait,
Et, répandant ses soins sur la moindre province,
Fit le bonheur du peuple et la grandeur du prince ;
Car le prince et le peuple ont le même intérét.

Mais ce visir, souvent peu digne de sa place,
Par d'importants défauts compensa les succès.
Il dansait sans mesure ; il saluait sans grace :
Puis, pour payer toujours, il ne donnait jamais.

Enfin de tant de torts il dut porter la peine.
La sultane pour qui Mahmoud avait du goût,

Dans un de ces moments où l'amour donne tout,
Sut accomplir, un soir, les complots de la haine.

Le visir éconduit n'écrivit que ces mots :
J'aime à voir de moissons une terre couverte.
Si quelquefois le prince accueillit mes travaux,
Qu'il m'accorde pour prix quelque lande déserte.

Ce modeste souhait devait être écouté ;
Mais quand pour l'accomplir on se mit en mesure,
Aucune lande aux yeux n'offrit sa pauvreté.
La richesse par-tout, et par-tout la culture.

Eh bien, que ce vieillard, dit Mahmoud, qui l'apprit,
Fasse d'un champ fertile une demande prompte ;
Il l'obtiendra d'abord. Le visir répondit :
Je ne demande rien ; mais j'ai rendu mon compte.

Le sultan, éclairé, rappelant son visir,
D'un tel bien désormais sentit les avantages.
Que les femmes, dit-il, aient le soin du plaisir ;
Mais le soin de l'empire appartient à des sages.

ALEXANDRE ET LES SCYTHES.

Alexandre, vainqueur de cent divers pays,
Voulait de l'univers atteindre les limites,
Et maître de la Perse, aux bords du Tanaïs,
Il enviait encor l'âpre pays des Scythes.
Soudain du peuple menacé
Vingt ambassadeurs intrépides
Dans le rapide fleuve à-la-fois ont lancé
Leurs coursiers encor plus rapides.
Ces Scythes que liaient leurs usages sacrés,
Même parmi les Grecs, ne voulant pas descendre
De leurs coursiers et d'onde et d'écume parés,
Ne les quittent qu'auprès des tentes d'Alexandre.
A ce roi, qui jamais ne connut un revers,
On les conduit enfin, au gré de leur envie ;
Et les habitants des déserts
Ont vu le vainqueur de l'Asie
Et la terreur de l'univers.
Ils l'observent long-temps dans un morne silence,
Et, l'osant mesurer d'un regard étonné,
Comparent ce mortel borné
Et cette renommée immense.
Enfin, le plus âgé de ces ambassadeurs

Tint ce discours grossier qui surprit les flatteurs :

Quel bonheur que les dieux, dont tu braves le blâme,
N'aient pas formé ton corps à l'égal de ton ame !
Le monde te voudrait contenir vainement.
Touchant de tes deux mains l'orient, l'occident,
Aux cieux, avide encor, tu porterais ta tête
Pour envahir la foudre et régler la tempête.
Incessamment ainsi l'erreur de ton desir
Veut posséder des biens que tu ne peux saisir.
On te voit tour-à-tour porter ta frénésie
Et d'Asie en Europe et d'Europe en Asie.
Prends garde ; le destin peut soudain t'accabler.
Plus l'édifice est haut, plus il peut s'écrouler.
De la prospérité crains la trompeuse ivresse.
Toujours en quelque point la force a sa faiblesse.
En vain dans son pouvoir on se croit affermi :
Les dieux n'ont point créé de petit ennemi.
Du lion quelquefois l'insecte a la dépouille ;
Et le fer, roi du monde, est en proie à la rouille.

Qu'avons-nous de commun ? qui te peut attirer ?
Quoi ! ne nous est-il pas permis de t'ignorer ?
Avons-nous ravagé tes champs héréditaires,
Ou de la Perse même insultons-nous les terres ?
Quel es-tu ? d'où viens-tu ? que crois-tu nous ravir ?
Nous ne voulons régner ni ne pouvons servir.
Nous ne tenons des dieux et de leur bienfaisance

Que des fruits, une coupe, un carquois, une lance.
Nous employons la coupe et les fruits précieux
A fêter nos amis, à rendre grace aux dieux ;
Et, par nos ennemis pouvant nous faire craindre,
La lance est pour frapper, et le trait pour atteindre.
C'est ainsi que, cédant à l'effort de nos coups,
La Perse et la Syrie ont ployé devant nous,
Et que l'on nous a vus porter nos pas rapides
Vers ces hommes lointains fiers de leurs pyramides.
Nous sûmes toutefois rentrer dans nos déserts,
Sans vouloir, comme toi, dévorer l'univers.
Plus ton pouvoir s'accroît, plus ta fureur desire.
Tu poursuis les brigands, dis-tu ; tu l'oses dire ?
Vingt rois qui jusque-là méconnaissaient ton nom
Ont péri sous tes coups par force ou trahison :
En attendant qu'aux siens l'Inde encor soit ravie,
Notre pauvreté même excite ton envie,
Et tu portes sur nous ton espoir arrogant.
Alexandre, dis-nous, quel est le vrai brigand ?
Mais ne te flatte point d'un empire durable.
Jamais on ne soumet les peuples qu'on accable.
Une guerre pour toi naît de tous tes combats.
Tu sais vaincre pourtant... et ne nous vaincras pas.
Franchis le Tanaïs si ton orgueil t'enivre :
Tu verras nos déserts sans pouvoir nous y suivre.
Ne crois point sur nos pas traîner tes bataillons,
Que chargent les débris de tant de nations.
La pauvreté, bravant l'or dont ils sont esclaves,

Nous rend et plus légers et peut-être plus braves.
Quand tu nous croiras loin, nous serons sous tes yeux ;
Car si nous fuyons bien, nous attaquons bien mieux.

A la guerre, à la paix, nos mains sont toutes prétes ;
Mais reçois un conseil meilleur que des conquétes :
Le cours de tes succès t'a fait trop d'ennemis ;
Alexandre, il est temps de chercher des amis.
L'amitié des vaincus, c'est en vain qu'on l'espère ;
La paix n'est rien pour eux que l'espoir de la guerre.
Nous que le sort ne fit ni vaincus ni sujets,
Nous t'apportons, non pas l'amitié, mais la paix.
Mais n'attends pas qu'ici le serment intervienne :
La parole d'un Scythe est le nœud qui l'enchaîne.
Qu'ailleurs de tous les dieux on atteste la loi :
Notre religion est de garder sa foi.
Choisis ; et puisses-tu, modérant ton courage,
Tarir enfin le sang que fait couler ta rage !
Es-tu dieu comme on dit? exauce nos souhaits,
Et fais-toi des humains connaître à tes bienfaits.
Si tu n'es qu'un mortel, épargne tes semblables ;
Ne les immole pas à tes fureurs coupables ;
Montre aux tristes humains le bonheur rappelé,
Et déclare la paix au monde consolé.

Il dit, et des maux qu'il présage
Son grand cœur demeure attristé.
Les larmes de l'humanité

Coulaient sur le front d'un sauvage.
Alexandre lui-même, un moment agité,
Excusa ce hardi langage.
Plus sage, il eût mieux fait; il en eût profité.
Mais il ne voulut pas permettre
Qu'on dît qu'à son pouvoir un peuple eût résisté.
Chez les Scythes entrant; mais bientôt rebuté,
Il vit qu'on les pouvait troubler, non les soumettre.
Il alla vaincre ailleurs, et mourut à trente ans.
Les vœux des mortels suppliants
Par les dieux s'étaient fait entendre.
Un héros est trop cher. La terre plus long-temps
Ne pouvait pas porter un Alexandre.

LE ROI ET LE VISIR.

Grand roi, ces diamants, hier acquis par vous,
Sont un brillant marché dont chacun est jaloux.
Cent mille sequins d'or, qu'on offre en bénéfice,
Pourraient vous éblouir; et comptés sur-le-champ....
— Y penses-tu, visir! rends-moi plus de justice.
Eh! qui fera le roi, si je fais le marchand?

LE CHÊNE.

Sur d'heureux et riants rivages,
Le tyran Aquilon, versant tous les fléaux,
Exerçait un jour ses ravages.
Tout pliait sous sa force, et sur-tout les roseaux.
Dans ce désastre, seul un chêne
Qui dominait au loin la plaine,
Et, chef de ce pays qu'il n'opprima jamais,
Joignait un peu d'orgueil à beaucoup de bienfaits,
Un chêne seul, bravant Aquilon en furie,
Refusa généreusement
De plier sous la tyrannie.
Il rompit. On le conte assez éloquemment :
Toutefois je pourrois peut-être
Rappeler, sans être bavard,
Qu'il tomba, servant de rempart
Au pays qui l'avait vu naître.
Bien loin d'être blâmable, en un emploi si beau,
L'on acquiert de l'honneur, même en perdant ses peines.
Il est permis d'être roseau ;
Mais il faut respecter les chênes.

LE PARADIS DE SCHÉDAD.

Long-temps avant le jour où le grand Mahomet
Apprit un nouveau culte au monde satisfait,
Avant que le Koran, ce monument suprême,
Fût descendu d'un ciel et même du septième,
Dans le même pays, mais assez loin du lieu
Où ce divin prophète éclaira l'Arabie,
Un tyran convaincu d'une affreuse folie
N'était pas même un homme, et voulait être un dieu.
Pour certains courtisans, passe encore peut-être ;
Mais par tous ses sujets Schédad absolument
Voulut pour déité se faire reconnaître.
Comment donc s'y prit-il ? dit-on. Voici comment :

Un coteau s'élevait, où sa magnificence
Fit de murs orgueilleux faire une enceinte immense.
Une enceinte de pins, géants audacieux,
Semblait sur cette terre enclore aussi des cieux.
Quel spectacle charmant pour le regard avide !
Là des gazons riants, là des bois enchantés ;
Un pavillon ici ; là cette pyramide ;
Et là, dans un beau lac, ces objets répétés.
Schédad en ces jardins devina ceux d'Armide.

Des cascades montraient leur élan singulier,
Assez pour charmer l'œil, trop peu pour l'effrayer.
Le baumier, l'aloès, l'aimable sycomore,
Et le cèdre brillant, et vingt autres encore
Offraient de doux parfums, des aspects gracieux,
Et l'odorat était charmé comme les yeux.
Au milieu de l'enceinte, un palais magnifique
S'élevait au-dessus d'un superbe portique :
Là tout était formé pour charmer les desirs ;
Là tous les arts unis offraient tous les plaisirs.
On avait rassemblé dans ces douces retraites
Des peintres, des chanteurs, et même des poëtes :
Mais où Schédad, dit-on, mettait le plus de prix,
C'était dans l'heureux choix de célestes houris,
Par qui sa vanité justement satisfaite,
Plus tard, aurait osé défier le prophète.
Quand tout fut préparé pour son nouveau dessein,
Ce mémorable édit, fruit d'une longue étude,
Fut publié : « Schédad, nous, dieu de l'Yémen,
« A nos adorateurs salut, béatitude.
« Tous le reste des dieux, par un commun accord,
« N'offre un bonheur complet qu'après que l'on est mort :
« Nous, dans un paradis bien plus digne d'envie,
« Nous offrons ce bonheur dès la présente vie.
« Pour y goûter un jour les plaisirs les plus doux,
« La première vertu sera de croire en nous ;
« Même dès ce moment nous y daignons admettre
« Ceux dont plus bas les noms vont se faire connaître.

« Peuples de l'Yémen, formant un même vœu,
« Gagnez le paradis en adorant le dieu. »

Ces bienheureux élus, s'il faut que l'on le sache,
Étaient de courtisans l'élite la plus lâche,
Des flatteurs que jamais nul remords ne troubla,
Des femmes par Schédad aisément insultées,
D'autres qui lui donnaient l'espoir ; et celles-là
Dans la promotion furent les mieux traitées.
Au reste, très exact à suivre ses desseins,
Le dieu fort promptement tint parole à ses saints.
Il alla sans retard, plein d'un plaisir extrême,
Dans son beau paradis les installer lui-même.
Souvent j'irai, dit-il, de vos vœux satisfait,
Par mon aspect encore augmenter votre joie :
La présence de Dieu, c'est le bonheur parfait.
Adieu : qu'en tous vos sens le plaisir se déploie.
Il dit, et s'éloignant au bruit de leurs transports,
De l'enceinte sacrée il met les clefs en poche,
Ordonnant aux soldats qui veillaient au-dehors
De punir du trépas toute profane approche.
Ainsi son paradis fut le fruit défendu :
Quiconque s'y voulait sauver était perdu.

De tous chagrins passés écartant la mémoire,
Cependant des élus tout le groupe charmé
De son bonheur nouveau goûtait en paix la gloire.
Pour la première fois Schédad en fut aimé :

A sa divinité ses jardins fesaient croire.
Que de plaisirs ! Mais quoi ! bientôt ils en sont las.
Le plaisir est fini, dès qu'il ne finit pas.
La maladie advient, et la mort criminelle
Enlève deux élus à la vie éternelle.
Plaisants élus, ainsi que tous leurs compagnons !
Ces gens, que pour le ciel on avait trouvés bons,
Avaient laissé sur eux courir des bruits étranges.
Des anges autrefois devinrent des démons ;
De démons cette fois on avait fait des anges.
Tous se haïssaient fort naguères ; nos élus
En se connaissant mieux se haïrent bien plus.
Plus de société. La froideur, le silence,
Aiguillonnent l'humeur, arment la défiance.
Dans les appartements, dans les jardins épars,
Ils promènent au loin l'ennui de leurs regards.
Malgré les soins de l'art et ceux de la nature,
La teinte du cachot assombrit leur verdure.
Du sein des voluptés d'un palais enchanteur,
De ces rochers lointains ils regrettent l'horreur,
Et, de la rouge mer contemplant les rivages,
De ses bords décriés desirent les orages.

    Le dieu de l'Yémen vint alors visiter
Ses saints, et s'attendait à les féliciter.
Mais son juste dépit peut à peine se peindre
Quand il reconnut trop qu'il n'avait qu'à les plaindre.
Tous sans trop se gêner maudissaient leur destin.

Schédad tant bien que mal dissimula l'offense.
Caressant, menaçant, il obtint d'eux enfin
Que leur bonheur par eux fût pris en patience.
Le dieu, depuis ce jour, en ses jardins bénis,
Ne craint plus seulement qu'un malheureux aborde;
La garde extérieure eut l'ordre très précis
D'assommer sans retard et sans miséricorde
Tous les saints qui voudraient sortir du paradis.

Accablé par la honte, ému par le scandale,
Schédad, non sans effroi, revit sa capitale.
Des regrets de ses saints justement tourmenté,
Il fut très inquiet de sa divinité.
Par un second édit, d'un ton sauvage et rude
Il reprit ses sujets de leur ingratitude.
Il leur dit que leur foi ne se signalait point,
Et qu'à son paradis un enfer serait joint.
Comme sans être dieu, dans le monde où nous sommes,
L'homme a trop de moyens de tourmenter les hommes,
Schédad, si maladroit dans l'art de leur bonheur,
Eût réussi peut-être à combler leur malheur;
Mais le peuple et les grands redoutant sa furie
Arrétèrent enfin l'excès de sa folie.
De Schédad détrôné l'on discuta le sort.
Beaucoup voulaient pour lui la plus cruelle mort.
Mais les plus ulcérés modérèrent leur zèle :
Après de longs débats enfin il fut réglé
Que Schédad, que ce dieu par l'orgueil aveuglé,

Aurait son paradis pour prison éternelle,
Avec les scélérats dont il l'avait peuplé.
Là, chargé de remords, environné d'outrages,
Schédad de ses fureurs expia les ravages,
Et trouva cet enfer à ses sujets promis.
En effet son arrêt sur la raison se fonde :
Vivre avec les méchants, c'est l'enfer de ce monde ;
Et les honnétes gens, voilà le paradis !

LES TOURTERELLES.

Douce erreur ! triste vérité !
Nos aïeux, nos aïeux fidèles
Croyaient à la fidélité
Des femmes et des tourterelles.
Depuis, hélas ! on s'est vanté
De découvertes bien cruelles.
Des observateurs, des méchants,
Ont machiné d'indignes trames ;
Et l'on ne croit plus aux serments
Des tourterelles ni des femmes.

LE CHIEN VICE-ROI.

Tout a sa voix dans l'univers,
Dieu, qui fit les êtres divers,
Donne un langage à tout le monde.
Tout parle, les hôtes des mers,
Les enfants des forêts, les insectes des airs,
Pas un qui ne s'entende et qui ne se réponde.
Nous croyons quelquefois parler éloquemment :
O qui des animaux entendrait les harangues !
Ce La Fontaine était un homme bien savant ;
Car il parlait toutes leurs langues.
Après lui quelques uns en ont su quelques mots,
Mais fort peu. Nous avons négligé ces sciences.
En France on a mal-à-propos
Laissé tomber les connaissances.
L'Hélicon est désert, l'Hippocrène est à sec.
Je suis persuadé qu'avec un peu d'étude
On apprendrait le chien comme on apprend le grec ;
Et tout dépend de l'habitude.
O si dans notre langue un de nos beaux esprits
De cette nation importait les ouvrages,
De ses poëtes les écrits,
Et les maximes de ses sages !

Vice-roi de Johor, naguère un mandarin
Méprisa tellement les lois et la justice,
Que le peuple écrasé sous son sceptre d'airain
Dispensa le bourreau du soin de son supplice.
Aussitôt de Siam le monarque puissant
Voulut venger la mort de son représentant.
Ce prince était, dit-on, un fort sot personnage :
Mais un sot orgueilleux l'est cent fois davantage.
Ayant bientôt soumis les révoltés tremblants,
Et livré tous leurs chefs aux pieds des éléphants,
Il tint du haut du trône, à leur foule en silence,
Ce discours dont sa garde augmentait l'éloquence.

Insectes, dont le bruit est venu jusqu'à moi,
Qui de l'éléphant blanc avez bravé le roi,
Je devrais sur vous tous punir un tel désordre.
Je veux bien cette fois ne pas vous écraser.
Vous pouvez vivre encor, mais jusqu'à nouvel ordre ;
Et, quand de mes bontés vous osez abuser,
Quand de mes mandarins vous dédaignez l'empire,
Vous ne méritez plus qu'un chien pour vous conduire.
Un chien énorme était à ses pieds étendu.
Viens, Barkouf, dit le roi, viens, ce trône t'est dû.
Règne en mon nom sur eux ; qu'à ta vue ils pâlissent.
Extermine-les tous, s'ils te désobéissent.
Et toi, sage Lockman, vieillard qu'on m'a vanté,
Du vice-roi Barkouf sois le premier ministre.
Sache le préserver de tout complot sinistre ;

Fais respecter ses lois et son autorité,
Et que même au besoin ta sagesse l'éclaire,
S'il se peut que cela soit parfois nécessaire.

Lockman s'est incliné. Sire, dit-il, c'est moi
Qui vais être éclairé par votre vice-roi ;
C'est lui dont le génie et la haute sagesse
Dirigeront mon zèle, aideront ma faiblesse.
Pour d'utiles écrits, on sait que j'ai toujours
Des animaux divers écouté les discours ;
Et par une rencontre heureuse et sans pareille,
Je sais la langue chienne, et j'aboie à merveille.
Saluant à ces mots Barkouf majestueux,
Il aboya d'un air doux et respectueux.
Le vice-roi, charmé que l'on le complimente,
Fait retentir au loin sa réponse bruyante.
Lockman l'explique au roi, qui, sans craindre d'erreur,
Admire l'interprète et bien plus l'orateur.
Il part, et pour Siam se remet en voyage,
Disant qu'il n'eut jamais de vice-roi plus sage.

Barkouf qu'il élevait à cet excès d'honneur
N'était pas comme lui d'une humeur rigoureuse.
Sous un air un peu dur, il cachait un bon cœur ;
Et les traits sont souvent une enseigne trompeuse.
Caressé par Lockman, et de ses soins flatté,
Barkouf de ses leçons tira tant d'avantage
Qu'avec beaucoup d'aisance et quelque dignité

De vice-roi bientôt il fit le personnage.
Toujours prompt à sortir des chaînes du sommeil,
Il suivait du lever l'étiquette ordinaire,
Et gagnait à pas lents la salle du conseil.
Là, son premier ministre exposait mainte affaire :
On prenait les avis et chacun discutait.
Souvent, lorsque la chose était trop difficile,
Avec le vice-roi Lockman en aboyait,
Et rendait au conseil sa réponse subtile.
Alors de l'audience arrivait le moment.
Barkouf écoutait tout d'un air très débonnaire ;
Il présentait la patte assez facilement,
Et remuait la queue en prince populaire.
Accordant à propos, à regret refusant,
Avec son interprète il savait si bien faire
Qu'on était consolé, si l'on n'était content.
Chacun les bénissait. L'audience finie,
Le vice-roi Barkouf, suspendant ses travaux,
Près d'une table simple abondamment servie,
Rappelait l'appétit des antiques héros.
Puis, dans un parc immense amusant son audace,
Le prince se livrait aux plaisirs de la chasse.
Rentrant dans son palais au temps accoutumé,
Dès-lors avec Lockman il restait renfermé,
S'occupait avec lui de la correspondance,
Et dans un encrier trempant sa patte immense,
Au bas de chaque lettre, avec sérénité,
Il apposait sa griffe et laissait un pâté.

Vous lui pardonnerez : c'était sa signature.
Mon héros n'était pas très fort sur l'écriture.
Délivrés à la fin de ces soins importants,
Tous les deux sans contrainte aboyaient quelque temps,
Et Barkouf, oubliant la grandeur souveraine,
Soupait avec plaisir et s'endormait sans peine.

Un pareil vice-roi qu'un tel ministre aidait,
Devait de ses efforts voir un brillant effet.
Bientôt de ses talents l'influence efficace,
De son prédécesseur eut effacé la trace.
L'autre avait tout gâté. Barkouf répara tout.
Du bonheur à son peuple il applanit les routes ;
Il fit de bonnes lois, et n'en fit pas beaucoup :
Aussi les voulut-il voir exécuter toutes.

Mais ainsi qu'aucun homme, aucun chien n'est parfait.
A ce prince si grand on faisait un reproche.
Barkouf trop fréquemment à l'amour se livrait,
Et toujours la vertu tremblait à son approche.
Encor si dans ses goûts il eût mis quelque choix !
Mais la moindre maîtresse excitait son envie.
Aussi par des transports peu décents quelquefois,
Il avait dérangé mainte cérémonie.
Lockman se désolait qu'il outrageât les mœurs,
Qu'il oubliât ainsi l'orgueil de sa couronne ;
Mais on sait que l'amour aux héros se pardonne,
Et que cette faiblesse est celle des grands cœurs.

De la paix, grace au prince, on savourait les charmes.
Un essaim de Malais que l'on n'attendait pas
Soudain sème par-tout la mort et les alarmes.
Barkouf sous ses drapeaux comptait peu de soldats ;
Mais bientôt il ne peut compter les volontaires
Qui viennent soutenir la plus juste des guerres.
En tactique Barkouf étant très peu savant,
Du camp aux généraux a laissé l'ordonnance.
Mais bientôt, ses guerriers au combat s'avançant,
Armé d'un gorgerin, à leur tête il s'élance.
O chantre des exploits et d'Achille et d'Hector,
Les exploits de Barkouf sont plus brillants encor.
Rien n'y peut résister. Mais... ô triste imprudence !
Aux traces des vaincus trop long-temps obstiné,
Notre héros atteint d'un trait empoisonné
Tombe sur les lauriers ceuillis par sa vaillance.

Des peuples qui pourrait exprimer la douleur !
A Siam aussitôt, de leur perte cruelle,
Vingt députés en pleurs vont porter la nouvelle.
Roi de l'éléphant blanc, a dit leur orateur,
Du sort à notre égard la rigueur est extrême ;
Il vient de nous ravir notre bon gouverneur,
Notre père... j'ai dit presque un autre vous-même.
Vous nous l'aviez donné. Quel précieux bienfait !
Il s'est montré toujours aux méchants inflexible,
Il a su réparer le mal qu'on avait fait,
Et su faire le bien qu'on croyait impossible.

Hélas ! se pourrait-il que troublant vos sujets,
Son successeur encore augmentât leurs regrets,
Eût une main avide, un œil dur, un ton rogue ?
Vous l'avez déja dit, sublime souverain :
Nous ne méritons pas pour chef un mandarin ;
Et, faut-il l'avouer ? nous aimons mieux... un dogue.

Le monarque était loin d'attendre un tel aveu.
Il sentit le danger qui menaçait son trône,
Et craignit que bientôt formant un autre vœu,
A son éléphant blanc on n'offrît sa couronne.
Le succès de Barkouf l'épouvantait un peu.
Non, que de mon courroux nulle trace ne reste,
Dit-il, et réparons votre perte funeste.
Le mandarin Miour, un homme merveilleux,
Va remplacer Barkouf, et faire cent fois mieux.
Il fit cent fois plus mal ; dans toutes les affaires,
Dédaignant de Lockman les conseils salutaires,
Par son stupide orgueil bientôt tout fut brouillé.
Barkouf, se disait-on, s'en faisait moins accroire.
Le tombeau de Barkouf de larmes fut mouillé :
Dans la province encore on bénit sa mémoire,
Et voilà ce que c'est qu'un chien bien conseillé.

L'AIGLE ET LA GIROUETTE.

Dans un de ces jours où le ciel
Sur la terre épand son ravage,
Un Aigle, traversant l'orage,
Brava ce trouble universel,
Et vint reposer son courage
Sur le sommet d'un vieux châtel
Qui se penchait sur un nuage
La Girouette à ses côtés,
Tournait sur un pivot mobile.
Ah! quels destins me sont comptés,
Dit l'Aigle, un moment plus tranquille!
A peine j'ai vu vingt printemps;
A la fatigue qui me mine
Je ne puis résister long-temps.
J'ai cent ans, cria sa voisine.
Toi, répond l'Aigle de vingt ans!
Mais, âge à part, dis-moi, de grace,
Comment fais-tu dans ces hivers,
Parmi tant d'ouragans divers,
Pour rester toujours à ta place?
Mon art n'est pas des plus savants,
Mais, dit-elle, il est des plus sages :

Je me prête à tous les orages,
Et je me tourne à tous les vents.
Et dans l'instant la Girouette,
Déja laissant abandonné
Le prince déja suranné,
Se tourna vers une chouette
Vers qui le vent avait tourné.

LA VERTU ET LA BEAUTÉ.

Aux premiers jours de l'enfance du monde
Le créateur, parmi nous descendu,
Disait : Enfants, cultivez la vertu,
Car le bonheur sur la vertu se fonde.
Il la peignait, quand un de nous lui dit :
Oui, la vertu sans doute a notre hommage ;
Mais pourriez-vous, l'ayant peinte à l'esprit,
Aux yeux encore en offrir une image?
Oui, je le peux, et c'est ma volonté,
Dit l'Éternel ; il créa la beauté.

Agréez ces vers, jeune Adèle,
Vous qui, versant vos dons sur le faible abattu,
Possédez la beauté, portrait de la vertu,
Et montrez à-la-fois l'image et le modèle !

LE BŒUF ET LE VIEILLARD.

Un vieillard tout courbé, près de la sépulture,
    Vit un jour un bœuf laboureur,
    Vétéran de l'agriculture,
Entrer chez le boucher sans effort, sans terreur.
    Triste destin que je déplore,
    Dit quelqu'un, il s'en va mourir !
    Lors le vieillard de répartir :
    Il est trop heureux ; il l'ignore.

Heureux, au champ de Mars, sur un noble rempart,
Soit sur mer, soit chez lui, puisqu'il faut que l'on meure
Qui, sans avoir prévu l'instant de son départ,
    Part pour la dernière demeure.
    Plus agréable à nos regards,
    Dans une époque bien meilleure,
    Le lit, l'échafaud des vieillards,
    Les attend à leur dernière heure.
Si je vieillis, ô mort, à mon dernier moment,
    Adoucis ton regard farouche.
    Que je m'endorme doucement,
    Puisqu'il faut bien que je me couche.

LE PONT DE LA VIE.

Mirza fut admirable en ses inventions,
Du bonheur des humains s'occupant à toute heure,
Ce Turc a dans sa langue écrit *ses visions :*
Je vous vais, d'après lui, raconter la meilleure.

« Un jour du Ramazan, et le plus solemnel,
Sur ces monts escarpés d'où Bagdad qui s'efface,
Apparaît aux regards comme un point dans l'espace,
Je méditais sur l'homme en priant l'Éternel ;
Je disais, des grandeurs estimant les mensonges,
Hélas ! l'homme est une ombre et la vie est un songe.
Un Génie inconnu, sur le sommet voisin,
Soudain me fait entendre un son presque divin ;
Aussi doux qu'éclatant, aussi noble que tendre,
Ce son ne se rend pas, mais l'effet peut se rendre,
Et tel est le plaisir qu'un fils bien-né ressent,
Lorsque son père ému lui dit : Je suis content.
Ce Génie animé d'une céleste flamme,
M'ordonne d'approcher, et voyant mon effroi,
D'un souris enchanteur met le calme en mon ame.
Mirza, dit-il, je viens de t'entendre : suis-moi.

Du roc le plus voisin de la voûte étoilée,
Abaisse, reprit-il, tes yeux vers l'orient,
Et dis ce que tu vois ? — Une vaste vallée,
Que foule à flots pressés un immense torrent.
— Précipitant son cours dans le val de misère,
Ce torrent, c'est le temps ; c'est de l'éternité
Un fragment ; de brouillards une double barrière
En cache à tes regards la double extrémité.
— Mais que vois-je ! d'humains quelle foule infinie !
Ce pont sur le torrent... — C'est le pont de la vie.
Mille arches le formaient avant le temps présent ;
Mais les flots destructeurs n'en ont laissé que cent,
Dont sept fois dix au plus restent encore entières.
Je n'écoutais plus rien, je regardais mes frères.
O comme leur aspect me touchait, et combien
Je déplorais leur sort... et déplorais le mien !
Ce pont était par-tout plein de pièges perfides,
D'où les humains tombaient au sein des flots avides ;
Sur-tout à son entrée étaient multipliés
Ces pièges odieux qui s'ouvraient sous les pieds.
La mort un peu plus loin était moins périlleuse,
Mais la jeunesse vive, ardente, impérieuse,
Se créait des dangers. Le cimeterre en main,
Beaucoup dans le torrent précipitaient leurs frères,
Et souvent avec eux ils y roulaient soudain.
Ivres d'un vain plaisir et tout à leurs chimères,
Beaucoup qui poursuivaient des bulles de savon,
S'enfonçaient sans retour dans l'abyme sans fond.

Plus loin, des gens plus mûrs n'étaient guère plus sages.
Hélas! ceux qui l'étaient, et dont le front serein
Attestait la raison qui régnait dans leur sein,
Avaient aussi leur part dans les communs naufrages.
Des hommes imprudents, sachant mal secourir,
Précipitaient les gens qu'ils voulaient retenir.
On arrivait après aux arches dangereuses,
Où frappaient mes regards les chutes plus nombreuses.
Presque tous les humains échappés jusqu'alors,
En vain à ce passage épuisaient leurs efforts.
Le reste se traînait sur des arches rompues,
Débris sur des débris, voulait s'y retenir;
Mais tous roulaient enfin dans des mers inconnues,
Dans l'abyme éternel qui doit tout engloutir.

Je frémissais d'horreur à ces aspects funèbres:
Le Génie indulgent qui me voyait pâlir,
Du nuage épaissi qui couvrait l'avenir
Daigne entr'ouvrir pour moi les premières ténèbres.
Dieu! quel aspect charmant à mes yeux vint s'offrir!
Sur une vaste mer mille îles fortunées,
Brillaient, riches de fruits et d'arbres couronnées.
Là, des mortels heureux, entre mille canaux,
Accordaient leurs concerts aux accents des oiseaux,
Voyaient comme un moment s'écouler leurs journées,
Ou se livraient en paix, parmi l'ombre et les fleurs,
Aux pensers vertueux, plaisir des nobles cœurs.

Surpris, ému, charmé de ces beautés nouvelles,
De l'aigle, m'écriai-je, ô que n'ai-je les ailes !
Comme je volerais vers ces lieux enchanteurs.
Tes vœux sont impuissants, répondit le Génie :
Sache à quel prix un jour on peut remplir tes vœux.
Les trappes de la mort ouvrent seules ces lieux
Où l'on paye à loisir les vertus de la vie.
Ce bonheur que tu peux à peine imaginer,
A des pensers plus vrais va-t-il te ramener ?
Dis : t'entendrai-je encore, accusant l'existence,
Croire qu'elle finit alors qu'elle commence,
Et, n'osant sur ton cœur tenter un noble effort,
Maudire le chemin qui conduit à ce port ?
—Non, jamais, j'en réponds. Mais que par vous j'apprenne,
Quel est pour les pervers le séjour et la peine ?
Et ce bonheur des bons dont mon cœur est jaloux,
Est-ce un bien éternel autant que pur et doux ?
Veuillez sur ce point-là m'éclairer, je vous prie ?
Tu m'en demandes trop, répondit le Génie,
Sois juste, sois humain, et t'en rapporte à nous.

Il dit et disparaît : et moi, voulant encore
Voir les îles que j'aime et le pont que j'abhorre,
Je ne vois que Bagdad et ses nombreux coteaux,
Où paissent à l'envi des moutons, des chameaux,
Que, maître impérieux, un enfant accompagne.
En place du torrent ministre du trépas,

Je vois un clair ruisseau qui court dans la campagne,
Couvert d'un pont léger d'où l'on ne tombait pas.

LE CHÊNE ET LE PEUPLIER.

Un peuplier plaignait un chêne.
A monter, disait-il, que tu mets de lenteur!
Nos âges sont pareils; et déja dans la plaine
On admire au loin ma splendeur;
Et toi, pauvre petit, on te remarque à peine.
Le chêne enviant peu l'éclat de son voisin,
Le laissait dire, et croissait en silence.
Cet éclat dura peu. Voilà qu'un beau matin
Le peuplier fragile achève son destin,
Quand celui du chêne commence.
Le chêne s'élève et s'étend;
Et tandis que, bravant les ans et les orages,
Protégeant du hameau le paisible habitant,
Il est roi dans la plaine et dieu dans les nuages,
Le peuplier sèche et périt,
Surpris de voir sitôt sa carrière finie.

Allons, messieurs les gens d'esprit,
Ne plaignez pas trop le génie.

LE FLATTEUR ASSIGNÉ.

L'art des vers est pour moi l'art des nobles pensées.
Pourquoi cet art sublime, au moins ingénieux,
S'est-il vu profané dans tout temps, en tous lieux,
      Par des bassesses insensées!
Qu'on loue un roi clément, un bras victorieux :
J'applaudis aux bienfaits, parfois même aux conquêtes ;
Soit : mais pourquoi vanter mille faits odieux!
Pourquoi l'affreux tyran, le vil ambitieux,
    Ont-ils toujours des vertus toutes faites!
        Pourquoi voit-on tant de poëtes,
        Des mendiants harmonieux!
J'ai toujours méprisé ce lâche et froid délire,
Et... J'allais me fâcher, je crois qu'il vaut mieux rire.

    Un poëte persan qu'on nommait Nébati,
Et qu'on voyait sans cesse en ses transports étranges
Verser sur les puissants des torrents de louanges,
    Se vit un jour cité chez le cadi.
Qui l'aurait cru! comment a-t-il un ennemi,
Lui qui de ses patrons chantait les valets même,
Et de ne point blâmer s'était fait un système!
                                        8.

Et pouvait-on d'ailleurs réclamer quelque bien
De lui, qui n'avait rien et ne disputait rien?
    On comprend sa surprise extrême.

    Il comparut pourtant, et, plus surpris encor,
Il vit qu'on réclamait de lui cent pièces d'or.
Quelle preuve? dit-il. On reprit : vos ouvrages.
Vos vers au grand visir seront mes témoignages.
Oui, ces vers excellents, à moi qui suis jaloux,
Vaudront cent pièces d'or, soit de lui, soit de vous.

    « Ali, le grand visir, cœur sensible, ame grande,
« En générosité se montre égal à Dieu.
« Que quelqu'un, d'un bienfait lui fasse la demande,
« Et je suis caution que ce bienfait a lieu. »

    Sur la foi d'un quatrain écrit d'un si beau style,
    Du grand visir j'ai réclamé l'appui
Pour les cents pièces d'or que demande aujourd'hui
    Ma position difficile.
Ali m'a refusé; mais je suis bien tranquille,
    Puisque vous répondez pour lui.

    A ces mots qu'en narguant le demandeur prononce,
Nébati quelque temps demeure sans réponse;
Il sollicite enfin le temps et la faveur
    D'aller trouver le premier débiteur :
Il court chez le visir. Vous ne voudrez, j'espère,

Renoncer à l'honneur que j'ai voulu vous faire,
     Dit-il ; en démentant mes vers
     Vous démentiriez votre gloire ;
Et vous vous montrerez, si vous voulez m'en croire,
Tel que je vous ai peint aux yeux de l'univers.
Soit, lui dit le visir, je cède à votre envie,
     Je consens bien à payer ; mais
     Vous m'apprenez la modestie :
     Mon cher, faites-moi désormais
     Moins d'honneur, je vous en supplie.

LE PAUVRE.

     Un jeune roi comme l'on en voit tant,
Et qui de ses plaisirs faisait sa seule étude,
Un jour dans un festin chantait faux, mais gaîment :
J'ai goûté le passé, je jouis du présent
Et j'attends l'avenir sans nulle inquiétude.
     Sous la croisée un pauvre l'écoutait,
          Et cria d'une voix d'apôtre :
Si sur ton avenir tu n'es pas inquiet,
          Ne l'es-tu jamais sur le nôtre ?
Le prince très surpris, et se levant soudain,
Vint observer cet homme avec un long silence,
Par un riche présent paya sa remontrance,

Et quitta sur-le-champ la salle du festin.

   Dès-lors, frappé de ces paroles,
Il changea tous ses plans; réprima ses desirs;
Et le temps qu'il donnait à des plaisirs frivoles
Fut tout à ses devoirs qui devinrent plaisirs.

   Béni de ses sujets, lui-même
   Souvent bénissait l'indigent
Dont l'avis courageux soudain le réveillant

   L'avait fait changer de système,
   Lorsque divers bruits répandus
Portent à son oreille à bon droit étonnée,

   De l'indigent qui ne l'est plus
   La licence désordonnée;
   Méme, assez peu de temps après,
Un spectacle assez triste encore plus l'étonne :
C'est ce méme indigent couvert de ses bienfaits,
Sous ces mémes lambeaux sollicitant l'aumóne.
Vois, dit-il, appelant un sage de sa cour,
(Depuis qu'il était bon, ce prince aimait les sages)
Envers cet indigent, dans ce méme séjour,
On a vu mes bontés; vois-en les avantages;
Pauvre et coupable, il vient à mes yeux s'exposer.
Ce sage répondit : ce pauvre a son excuse :
On lui donna de l'or dont il dut abuser;
Payez-lui du travail dont jamais on n'abuse.

LA TÊTE.

Dédaigneux de tous les mortels,
Croyant mériter des autels,
Un jeune sultan de Byzance,
Dans son orgueil, dans son ennui,
Entre ses semblables et lui
Voyait beaucoup de différence;
Et d'Allah, sultan éternel,
Se laissant appeler le frère,
Il regardait du haut du ciel
Tous ces vermisseaux de la terre.
Un jour, poussé par son ardeur
Assez loin des routes tracées,
Ce prince, en un vallon rêveur,
Vit un Santon contemplateur
Qui ne voyait que ses pensées,
Et qui, des grandeurs peu jaloux,
Tenait alors sur ses genoux
Ce qu'il prit des voisines tombes,
Un lugubre et léger fardeau,
Le pâle fruit des catacombes,
Et la récolte du tombeau,
Une tête jadis féconde

En projets qu'il fallut finir,
Froid tableau de notre avenir,
Triste portrait de tout le monde.
De cet objet, dit l'empereur,
Que fais-tu? quelle est ton envie?
Depuis long-temps, dit le docteur,
Je la regarde et l'étudie.
Après mainte comparaison,
La différence la plus mince
Ne peut apprendre à ma raison
Si ce fut la tête d'un prince
Ou celle d'un pauvre Santon.
Dès-lors, d'humeur moins dédaigneuse,
Le sultan profita, dit-on,
De cette leçon sérieuse.

JUPITER ET APOLLON.

Jupin ayant rêvé qu'il était un chanteur,
Voulut donner un jour un concert d'amateur.
En sortant, au fils de Latone,
Mercure, d'un ton bas, mais d'un air très moqueur,
Disait : Qu'Apollon chante, et que Jupiter tonne.

DIEU ET SALOMON.

De David, le roi Salomon
Ayant recueilli l'héritage,
N'était dans sa jeune saison
Ni riche, ni puissant, ni sage.

Dieu, se montrant devant ce roi,
Lui dit avec quelque tendresse :
Veux-tu la sagesse pour toi,
Ou la puissance, ou la richesse ?

Je sais ce qu'auraient desiré
Nombre de gens de toute espéce :
Salomon très bien inspiré
Dit : Je demande la sagesse.

Puisqu'en ton esprit juste et droit
La sagesse eût la préférence
Dieu dit : je te donne en surcroît,
Et la richesse et la puissance.

J'aime cet apologue, et je tiens de bon lieu
Ce trait ingénieux de la bonté suprême.

Je vois pâlir, devant ce jugement de Dieu,
   Celui de Salomon lui-même.
  Trop rarement l'homme sait ce qu'il veut;
  C'est un des torts de l'humaine faiblesse.
  Aucuns diront que c'est de la sagesse
  Que d'être riche et puissant tant qu'on peut;
Je ne dis pas cela; tout dépend de l'usage.
S'il est bon, tout est bien; l'abus seul est un mal.
Quoi qu'il en soit, on sait qu'en son palais royal,
Salomon fut long-temps riche, puissant, et sage.
    D'autres sages toutefois
    Ont souvent jeté des blâmes
    Sur ce plus sage des rois
    Pour avoir eu sept cents femmes
    Et les avoir à-la-fois.
    Pour montrer pareille affiche
    Sur ce point intéressant,
    Sans doute il faut être riche,
    Il faut même être puissant;
Sage, c'est autre chose; et près de la fortune,
Par moi du moins, jamais tel vœu ne fut formé;
Mille femmes, c'est trop, bien qu'on en soit charmé.
    La sagesse est d'en aimer une,
    Et le bonheur, d'en être aimé.

LE SOUVERAIN BIEN.

On dit que', dans les jours antiques,
La Richesse, la Volupté,
Avec la Vertu, la Santé,
Parurent aux jeux olympiques.

Les quatre déités, dans leur espoir jaloux,
Sollicitaient la pomme et réclamaient la palme;
Bien sûre de son fait, la Richesse avec calme
Disait : Je suis le bien qui les achète tous.

La Volupté disait d'un air plein de tendresse :
Je réclame le prix qu'on sait bien me devoir,
Puisque ce n'est que pour m'avoir
Que l'on poursuit tant la Richesse.

Grecs, disait la Santé, reconnaissez ma loi ;
Je suis le bien suprême, et le prouve sans cesse,
Puisqu'enfin il n'est plus sans moi
De volupté ni de richesse.

La Vertu répondait : Pour les cœurs généreux
Qu'importent tous les biens alors qu'on est coupable !

Sans la Vertu pourrait-on être heureux ,
Puisque sans elle on devient méprisable ?

La Vertu l'emporta : mais un sage Argien
Dit à ces déités justement, ce me semble :
Pour être le souverain bien,
Autant que vous pourrez marchez toujours ensemble.

De la Richesse, la Santé
Fut plus souvent dès lors la compagne brillante.
Pas trop de vertu, dit la Volupté riante.
Soit, mais , dit la Vertu, pas trop de volupté.

LES SOULIERS ET LES JAMBES.

J'accusais du destin l'arrêt capricieux ;
Je manquais de souliers ; d'ailleurs des plus ingambes.
J'entrai dans la mosquée, et je bénis les cieux :
Je vis un malheureux qui n'avait pas de jambes.

LA MORT AU BAL.

Aujourd'hui je suis en gaieté,
Et je veux, ne vous en déplaise,
Signaler mon hilarité
Par une folie à l'anglaise.

C'est le folâtre Young qui m'offre mon sujet :
Déja chacun de vous devine
Que du récit qui me complaît
La Mort est l'aimable héroïne.

La Mort, cachant ses traits de l'univers maudits,
Sortait, ces jours derniers, d'un banquet délectable,
Et venait de marquer un de ces étourdis
Qui ne redoutent pas de s'asseoir treize à table.

C'était un jour de carnaval :
La Mort, au plaisir acharnée,
Voulut par le masque et le bal
Aller terminer la journée.

D'abord elle voulait, en redoublant d'effort,
A certain bal paré se montrer supportable ;

Mais on a beau parer la Mort,
Elle est toujours épouvantable.

Lors, sous un domino, mise tant bien que mal,
La Mort, du bal masqué veut voir les mascarades.
Un médecin vanté la conduit à ce bal,
Comme il l'amène à ses malades.

Elle entre en ce séjour d'ivresse et de gaieté,
Et ce tableau riant de l'humaine folie,
Loin d'amollir l'excès de sa férocité,
A la destruction la rappelle et la lie.

Sous un masque charmant qui voile le trépas,
Censeur de la publique joie,
La Mort, son médecin au bras,
Sourit d'un ris cruel, et demande sa proie.

Je te connais, vient-on lui dire bas,
Parmi cette foule fantasque.
Elle répond : Tu te trompes, beau masque;
Tu ne me connais point; mais tu me connaîtras.

Un autre, plus pressé de jouir que de craindre,
Lui demande avec grace un rendez-vous secret :
Oui, lui répond la Mort; ma voix te le promet,
Sois sûr qu'avant huit jours mes bras viendront t'étreindre

— Quel bonheur! mais, pour éprouver
Un plaisir si vif et si rare,
Dis, où pourrai-je te trouver?
Dans ton lit, répond la barbare.

Des jeunes gens remplis d'une folle gaieté,
Souriaient à-la-fois de joie et de jeunesse:
La jeunesse ressemble à l'immortalité.
La Mort en marque deux de sa main vengeresse.

O douleur! elle marque une jeune beauté,
Qui régnait sur les cœurs par un charme suprême;
Elle marque un ministre, un vieillard édenté,
Elle marque en riant son médecin lui-même.

Cependant un commun transport
Entraînait la foule ravie,
On jouait auprès de la Mort,
Et l'on ne pensait qu'à la vie.

Vu sa maigreur, et sous son domino,
Des gens trouvaient sa tournure élégante.
Hélas! défions-nous de son incognito,
La Mort bien déguisée est quelquefois charmante.

Voilà qu'un étourdi, parmi ces rangs confus,
Signale pour la voir son ardeur insolente:

O spectacle soudain d'horreur et d'épouvante !
La Mort est démasquée et l'étourdi n'est plus.

A l'aspect révoltant du visage squelette,
Et du jeune imprudent immolé d'un seul coup,
Le bal épouvanté s'écrie et se dissout ;
On coûrt, on part, on fuit. Ainsi finit la fête.

Depuis ce jour présent à nos yeux éperdus,
La Mort, d'ailleurs sûre de ses conquêtes,
Ne paraît plus à nos bals, à nos fêtes :
Elle y vient bien encor ; mais on ne l'y voit plus.

O Mort dont la rigueur jamais ne nous pardonne !
O tyran qui ne meurs jamais,
Pour fléchir ton courroux, pour écarter tes traits,
Je ne te prierai pas : tu n'écoutes personne.

Nous ne le savons que trop bien :
Malgré les regrets et la plainte,
Tôt ou tard un affreux lien
Nous livre à ton affreuse atteinte.

Ni la vertu ni la beauté,
N'ont aucun titre à ta clémence,
Hélas ! et trop souvent, dans ta férocité,
Tu les choisis de préférence.

Eh bien ! jouis donc de tes droits,
Jouis d'un pouvoir sans limite :
Mais seulement, pour nous adoucissant tes lois,
Quand tu nous prends , prends-nous bien vîte.

O Mort, dans tes arrêts consulte au moins le Temps ,
Recueille le fruit mûr ; contente ton envie ;
Mais laisse les fleurs au printemps,
Laisse la jeunesse à la vie.

Ma voix t'implore vainement,
Sur ton ame d'airain ma demande est perdue,
Et peut-être qu'en ce moment
Sur mon front condamné ta faulx est suspendue.

~~~~~~

LE MONDE.

Un rat trouve une noix , à la croquer s'apprête.
La belette le croque, un renard la belette :
Vient un loup affamé qui dévore à-la-fois
Le renard, la belette, et le rat, et la noix.
~~~~~~

LA DÉCADE DE SÉSOSTRIS.

Qui ne connaît le grand roi Sésostris !
Le monde entier était son tributaire.
Tout recevait ses lois ; et son souris,
Comme un beau jour, réjouissait la terre.
Depuis long-temps assise à son côté,
Près de la Paix, reposait la Victoire.
Roi bienfesant, en voyant sa bonté
Tous ses sujets lui pardonnaient sa gloire.

Il dit un jour : En fesant des heureux,
Je le sais bien, je le deviens moi-même.
Mais quoi ! parmi tous mes honneurs pompeux,
J'ai les soucis, les soins du rang suprême.
Toujours rêver, et gouverner toujours !
Passons un temps dans mon île chérie.
Oui ; je veux être heureux pendant dix jours.
Dix jours au moins je connaîtrai la vie.

Juste au milieu du lac nommé Mœris
Brillait une île enchantée et riante ;
Et vers ses bords navigue Sésostris
Qu'accompagnait la cour la plus brillante.

Des élégants, nombre de beaux esprits,
Sont avec lui ; sur-tout de jeunes dames
Aux doux attraits. Le roi sait tout leur prix,
Et qu'il n'est point de bonheur sans les femmes.

Adieu, dit-il, adieu soucis divers ;
Adieu pensers trop long-temps nécessaires :
Pendant dix jours, plus de soins, plus d'affaires,
Et le plaisir sera mon univers.
Au bruit charmant des danses, des concerts,
Que dans mon sein le bonheur se déploie.
Je ne crains pas en ce lieu de revers,
Et me voilà tout entier à la joie.

Ce premier jour doit être le plus gai.
Mais il s'agit de choisir une fête.
Le roi médite, et, déja fatigué,
Médite encor, forme un plan, le rejette.
Mais le temps vole, et, trop prompte à venir,
La Nuit, montrant son aile rembrunie,
Succède au jour dont il cherche à jouir.
Ah ! dit le prince, ainsi passe la vie !

Le lendemain, il parut un édit
Où le monarque employait la menace,
Et par lequel il ordonnait qu'on rît,
Qu'on s'amusât sous peine de disgrace.
Chacun de rire, et de rire aux éclats :

Mais vainement à l'ennui l'on résiste.
Le roi, le soir, convint qu'il n'avait pas
Depuis vingt ans passé de jour plus triste.

Voulant qu'au moins la nuit se passât mieux,
Il a fait choix d'une agréable hôtesse.
Mais, bien qu'il soit un conquérant fameux,
Il est sans gloire auprès de sa maîtresse.
Le souverain par l'Amour éconduit
Vit tristement les couleurs de l'Aurore.
Ce n'est pas tout : à son retour la Nuit
En souriant, le vit morose encore.

Le lendemain, oubliant son malheur,
Il parcourait les gracieux rivages
De sa retraite, et voyait le bonheur
De ses sujets errants sous les ombrages,
Quand tout-à-coup un crocodile affreux
En dévore un à sa vue indignée.
Chacun s'enfuit : plus de femmes, de jeux ;
Plus de plaisir de toute la journée.

Le lendemain, le puissant Sésostris
Par ses discours cherche à monter les têtes.
Ouvrant la lice, et promettant des prix,
Sa voix invite à briller dans les fêtes.
On s'évertue : il s'évertue autant
A bien juger, et sa peine est extrême.

Il donne à tous un prix : nul n'est content.
De sa journée il l'est fort peu lui-même.

Le lendemain entre tous les rivaux
Fut de débats une longue carrière.
Le lendemain attrista le héros,
D'une défaite étant l'anniversaire.
Le lendemain (c'est le huitième jour),
Sa fille unique, en un danger extrême,
Fit palpiter ce père plein d'amour,
Qui la perdit sur le soir du neuvième.

Ainsi passa tout le temps fortuné
Par Sésostris au plaisir destiné.
Si je n'ai pas sa puissance infinie,
Sans me vanter, mon île est plus jolie :
Mais toutefois, quand vous viendrez m'y voir,
Mes chers amis, craignant la destinée,
Je ne pourrai vous dire que le soir
Si vous avez bien passé la journée.

L'AVARE.

J'ai toujours déclaré sans fraude
Mes plans les plus ambitieux.
Apologue, je te fais ode ;
Mais ne me fais pas ennuyeux.
Je dirai le sort d'un avare,
Qui, dans son délire barbare,
Fit le malheur de tous les siens ;
Et dont la sacrilège envie
Renia l'auteur de la vie,
Qui lui prodiguait tous les biens.

Sous des voûtes, lugubre asile,
Enfermant son ame et son or,
Dans cet horrible domicile,
Il s'enivrait de son trésor.
Et de peur qu'un œil téméraire
N'osàt pénétrer le mystère
Du séjour qu'il idolâtrait,
L'enfermant loin de toute atteinte,
Le fer formait un labyrinthe
Dont lui seul avait le secret.

Cependant ses fils et ses filles,
Tout à la misère, au malheur,
En vain dans toutes les familles
En cherchaient plus que dans la leur.
Les jours de leur belle jeunesse,
Dans les regrets et la détresse,
Étaient déja prêts à finir ;
Et, nés pour un sort plus prospère,
Ils ne maudissaient pas leur père ;
Mais ils ne pouvaient le bénir.

Un jour ! ô trouble épouvantable !
Du secret le ressort brisé
Dans sa caverne impénétrable
Le laisse d'horreur écrasé.
Couvert d'une sueur mortelle,
Il crie, il s'agite, il appelle,
Pour être entendu désormais.
Mais lui, qui veut qu'on lui réponde,
Fit sa caverne assez profonde
Pour qu'on ne l'entendît jamais.

Oh ! de quelles sombres détresses
Le tourment déchire son cœur !
Oh ! qu'il méprise les richesses
Où reposait tout son bonheur !
Il voudrait, dans cet esclavage,
Donner cet or et davantage

Pour prendre au loin un libre essor;
Et sa passion, qui dévie,
S'aperçoit enfin que la vie
Est encor le premier trésor.

Deux jours, dans cette horrible étreinte,
Il appelle, il appelle en vain.
Deux jours, il éprouve l'atteinte
Du désespoir et de la faim.
On dit cependant, et j'espère,
Que vers lui ce malheureux père
Vit, à temps, le secours venir.
C'était assez d'un tel supplice:
J'aime à voir punir l'avarice,
Mais jamais à voir trop punir.

Jeu cruel de la Providence!
Dans son logis moins sérieux
On profitait de son absence
Qu'on croyait qu'il employait mieux;
Et sur la caverne ignorée
Où sa rage désespérée
Mourait de toutes les douleurs,
Sa famille, au plaisir en proie,
S'enivrait de danse et de joie,
Et se jetait toutes les fleurs.

L'ORIGINE DE LA VOIX.

LE PROFESSEUR.

Les savants ne sont pas d'accord
Sur la voix et son origine.

PREMIER DOCTEUR.

Cher confrère, pardon, mais vous vous trompez fort.
Chacun sait que la voix nous vient de la poitrine.

DEUXIÈME DOCTEUR.

Mon collègue, que dites-vous?
A votre tour je vous arrête.
Avec plusieurs savants je soutiens envers tous
Que notre voix vient de la tête.

PRÉMIÉR DOCTEUR.

La vôtre, soit, mon cher; car vous criez un peu.
La nôtre, en général, vous en ferez l'aveu,
D'ailleurs tire son origine.

DEUXIÈME DOCTEUR.

Peut-on dire celà!

PREMIER DOCTEUR.

Qui ne le dit a tort.

DEUXIÈME DOCTEUR.

Erreur étrange!

PREMIER DOCTEUR.

Incroyable doctrine.

DEUXIÈME DOCTEUR.

La voix vient de la téte.

PREMIER DOCTEUR.

Eh non ! de la poitrine.

LE PROFESSEUR, *reprenant.*

Les savants ne sont pas d'accord
Sur la voix et son origine.

L'AIGLE ET LE LIMAÇON.

Un limaçon, malgré son humeur circonspecte,
Parvenu sur l'Olympe, y bravait les mépris.
Pour venir jusque-là, lui dit l'aigle surpris,
Qu'as-tu fait? J'ai rampé, lui répondit l'insecte.
Cette réponse est juste, et cette mode a pris.

Mais cet hôte nouveau des splendeurs éternelles
Au premier ouragan roula précipité.
Par faveur, par souplesse, en vain on est monté;
Pour habiter les cieux, il faut avoir des ailes.

LA REQUÊTE DU CHEVAL.

Un prince qui régnait sur ces bords agréables
Qu'on veut absolument trouver incomparables,
     Un roi de Naple, en tous lieux respecté,
        Respectait si bien l'équité,
Qu'à ses sujets lui-même il rendait la justice ;
Et, pour qu'à l'opprimé nul obstacle fatal
        Ne protégeât le pouvoir ou le vice,
Au-dehors, dans la rue, au plus pauvre propice,
        Une sonnette protectrice
        Répondait à son tribunal.
Cette sonnette un jour fesant un grand tapage,
Allez donc voir qui c'est, dit ce monarque sage ;
Qu'il entre, quel qu'il soit. L'on sort, et l'on revient
Au prince, en souriant, dire que le bruit vient
D'un vieux cheval que laisse errer à l'aventure
Capèce, à qui long-temps il servit de monture.
Le roi reprit alors : Messieurs, votre maintien
        Et votre souris, tout m'assure
     Qu'à votre avis ce cheval ne dit rien :
Moi, je soutiens qu'il parle, et je l'entends très bien.
Qu'on appelle Capèce... Apprenez-moi, de grace,
Ce que c'est qu'un cheval qui vague sur la place,

Et qui, m'assure-t-on, est venu dans l'instant
Jusqu'à mon tribunal sonner en se grattant?
— Ah, mon prince! répond le vieux guerrier Capèce,
Aucun ne le valut aux jours de sa jeunesse.
J'ai bien fait avec lui vingt campagnes ; mais quoi !
Il ne peut plus servir, et n'est plus rien pour moi.
— Mon père, ce me semble, a payé vos services ?
— Il m'a comblé de biens. — Et, dans vos injustices,
Vous ne nourrissez pas celui dont le secours
Vous mérita ces dons et préserva vos jours !
Allez. Que d'aujourd'hui ce cheval chez son maître
Soit logé, soit nourri comme il dut toujours l'être,
Ou de mon père ici vous perdez le bienfait.
Vous le voyez, messieurs : cet animal parlait.

L'ABEILLE ET L'ARAIGNÉE.

Hier, dans les replis d'une rose riante
Je vis une araignée en exprimant du fiel.
Et dans la même fleur une abeille innocente
En ce même moment en exprimait du miel.

LE CHÊNE ET LE HIBOU.

Il fut un chêne, arbre majestueux,
Enfant favorisé de la belle nature,
Dont le superbe front se perdait dans les cieux,
Et dont vaguait au loin la noble chevelure.
Cent ans, tous les oiseaux des bosquets d'alentour,
Sous son ombrage heureux gazouillant leur ramage,
De leurs jeux innocents embellirent sa cour,
    Et souvent vinrent tour-à-tour
    Chercher l'abri de son feuillage
    Contre la serre du vautour.
    Cent ans encore de sa vie,
    Les fils de leurs enfants nombreux,
Héritiers de leurs chants, de leurs nids, de leurs jeux,
Sans le chérir autant, lui tinrent compagnie,
    Et, dans leurs desirs amoureux,
    Le préférant aux plus beaux hêtres,
    Furent perchés, furent heureux
    Sur la branche de leurs ancêtres.
Mais quand, d'un triple siècle enfin triste et couvert,
La vieillesse outrageuse eut attesté son âge,
Quand il tendit en vain au bûcheron de fer
Le reste de ses bras sans couleur, sans ombrage,

Quand le vieux précepteur par son tronc entr'ouvert
Vit Valère embrassant la fille du village,
S'élevant sans retour, alors ses habitants
Furent dire plus loin leurs chansons infidèles.
L'hiver voudrait en vain retenir le printemps.
Il en est des oiseaux comme il en est des belles,
Et l'on n'est plus aimé quand on a trois cents ans.
Le vieillard oublié versa, dit-on, des larmes.
(Qu'avait-il donc appris pendant un temps si long?)
L'amitié lui devait encore quelques charmes ;
Un hibou survécut au commun abandon.
Un hibou! va-t-on dire. Oui ; dans la nuit discrète
Cet oiseau solitaire, aux jours de son bonheur,
Venait de son ami visiter la retraite ;
Il ne l'oublia pas aux jours de son malheur.
Quand Morphée étendait son voile pacifique,
Le bon homme hibou, très exact chaque soir,
Venait l'entretenir, et causer politique.
De ce lugubre ami, comme on peut le prévoir,
La conversation était mélancolique ;
Mais il causait enfin. Il ne finissait pas
Sur les vices du temps, sur-tout sur les ingrats,
Voyait de toutes parts les êtres dégénères,
Blâmait tous les enfants, exaltait tous les pères ;
Et le chéne, à son tour, bien que moins sérieux,
Convenait que jadis tout était beaucoup mieux.
L'oiseau cher à Pallas restait jusqu'à l'aurore,
Et bravait quelquefois les regards du matin

Pour détruire de vers un insolent essaim
Qui mangeaient son ami, bien qu'il vécût encore.
    Quelqu'un vint un jour lestement
    Voir le chéne en cérémonie,
    Et le plaindre agréablement
    Sur son hibou trop peu plaisant,
    Et sur sa sombre compagnie.
Le chéne répondit : Vous vous trompez beaucoup,
    Et mon bonheur me semble extréme.
    Je chéris, j'aime le hibou ;
    Il est bien triste, mais il m'aime.

    Un Persan demandait au soleil un ami.
Je veux te le donner, dit ce dieu favorable ;
Mais comment le veux-tu ? jeune, riche, accompli ?
Parle. Ah ! dit le Persan, je le veux véritable.

L'INNOCENT SAUVÉ.

    Un innocent prét à périr,
    Du sultan bravant la menace,
    Dit : Mon supplice va finir,
    Le tien commence. Il eut sa grace.

LES PROJÉTS.

Je suis millionnaire, et je prétends jouir,
Disait le vieux Damis gravissant sa montagne ;
Voilà, voilà les biens que je viens d'acquérir :
Et son œil possesseur dévorait la campagne.

De mes travaux bien longs ma fortune est le prix :
Mais elle est faite enfin : on verra si je brille.
Je m'en vais acheter des honneurs à mon fils,
Et des partis nombreux vont s'arracher ma fille.

Oui, ce pays me plaît ; ce site me sourit :
Le repos désormais est mon unique affaire.
Je n'ai que soixante ans, j'ai fort bon appétit :
Que je vais être heureux ! je suis millionnaire.

Un parc majestueux va naître sous mes pas ;
Un limpide ruisseau serpentera sous l'herbe.
Ici sera ma serre, et mon étang là-bas,
Et sur cette hauteur un pavillon superbe.

Ces fermes que je vois gâteraient mon coup d'œil ;
Je veux qu'on les détruise : oui ; qu'en dis-tu, Valère?

— Mais dans tout le pays vous répandrez le deuil ;
Les fermiers... — Les fermiers ! ce n'est pas mon affaire.

Je veux... oui, je ferai détruire également
Ce grotesque moulin. — Il nourrit le village.
— Tant pis. Il faudra bien que mes eaux librement
Errent dans la prairie et dans le paysage.

Ces discours énoncés, ces projets résolus,
Damis très satisfait retourne en ses demeures,
En jugeant que ses pas n'ont point été perdus.
Il monte l'instrument qui lui dira ses heures ;
Il se couche, s'endort... et ne s'éveille plus.

Le voyageur, du haut de la butte rustique,
Voit les fermes encor, des fermiers, leurs amours ;
Il ne sait pas le nom du destructeur antique,
Ni le dernier projet du dernier de ses jours ;
Et du moulin vieilli l'eau s'écoulant toujours
S'enfuit en redisant un son mélancolique.

L'OIE ET LE LOUP.

Nous refuser du cœur ! Ah ! cela me désole,
    Disait une oie ; eh ! ne savent-ils pas
Ces hommes qu'une nuit, comme ils étaient bien las,
En criant bravement et faisant du fracas,
    Nous sauvâmes le Capitole ?
Nous avons du courage incontestablement.
Vous avez bien raison, dit un loup s'approchant ;
    L'homme est injuste, et tout le prouve.
Comment ! il nous refuse à nous l'humanité,
    Oubliant que par une louve
    Son Romulus fut jadis allaité.
Nous, cruels ! nous, grands dieux ! ah ! cette fausseté
A pénétré mon cœur d'une douleur bien vive.
    Je le conçois en vérité,
Dit l'oie ; et quant au trait que vous avez cité,
Il est sûr : je l'ai lu jadis dans Tite-Live.
    Allons, c'est un fait arrêté,
    Et que, s'il veut, l'homme en enrage,
    Vous êtes pleins d'humanité,
    Nous sommes pleines de courage.
    Oui, dit le loup. En l'écoutant
Il s'approchait toujours, doucement, doucement,

Pour ne pas perdre une parole.
Lors il attaque brusquement
L'héroïne du Capitole,
Qui, bien que brave assurément,
Ne se défend ni ne s'envole.
   Sur le tremblant animal
   Il porte une dent avide ;
   Et le loup sentimental
   Dévora l'oie intrépide.

Je ne veux de personne attaquer les exploits ;
A toutes les vertus je rends un juste hommage :
Mais il serait prudent de dire quelquefois :
Un jour il fut vaillant, un jour elle fut sage.

LE CHIEN ET LE COCHON.

On est souvent surpris, non sans quelque raison,
De la naïveté de quelques injustices.
Un paysan un jour, dit : Monsieur le baron,
Mon cochon a tué ce beau chien, vos délices.
— Tu me paieras mon chien. — Je me trompe : pardon ;
C'est votre chien qui vient d'étrangler mon cochon.
— C'est différent. Tu vas m'envoyer des saucisses.

LE DIAMANT.

Un père avait trois fils. Sentant sa fin venir,
De sa fortune entre eux il fit l'égal partage.
Un diamant restait ; comment le départir ?
Car le couper en trois, ce n'est pas trop l'usage.
Mes enfants, leur dit-il, ainsi que je le voi,
Vous venez de bien loin ; en traversant la France,
Ce que vous avez fait de mieux, contez-le moi,
Et du trait le plus beau voici la récompense.
Mon père, dit l'aîné, pour moi, j'ai peu brillé ;
J'ai remis un dépôt qu'on m'avait confié.
J'eusse pu le garder ; mais quel indigne crime !
J'ai rempli mon devoir. — Oui, tu dis bien, mon fils,
Et je reconnais là ton ame, et mes avis.
    Ce trait pourtant mérite plus d'estime
En ces temps dépravés, hélas ! où nous vivons ;
        Dans un siècle de fripons
        Un honnête homme est sublime.
Pour moi, dit le second, voici ce que j'ai fait :
        Passant au bord d'une rivière,
        Je vis qu'un enfant s'y noyait.
Je m'y précipitai ; par un sort bien prospère
        Je le saisis alors qu'il périssait,

Et je le rendis à sa mère.
— Bien, mon enfant ; ton bon cœur s'est fait voir,
Et plus que le premier ce trait est estimable.
Tu n'as pourtant encor rempli que ton devoir ;
Tu sais que l'homme doit secourir son semblable.
Pour moi, dit le plus jeune, ici près arrivant,
J'ai pu rendre un bien bon office.
N'ai-je pas rencontré mon ennemi dormant,
Et qui roulait au bord d'un précipice ?
Oh ! j'ai couru : je l'ai réveillé doucement.
— Mon fils, mon fils, voilà le diamant !
Tu le mérites. — Non, mon père, et j'en appelle ;
A mon aîné ceci doit être réservé.
C'est pour le consoler de n'avoir pas trouvé
Une occasion aussi belle.

PORTRAIT.

Il est un être singulier,
Qu'en foule on voit mourir, renaître.
Plus on cherche à l'étudier,
Moins on est sûr de le connaître.

Froid, vif, doux, méchant tour-à-tour,
Que de contrastes il allie !

Cet être-là ne vit qu'un jour,
Il le consacre à la folie.

Il s'en va bourdonnant sans fin :
Il croit qu'il occupe la terre ;
Oubliant qu'il sera demain
Oublié comme l'est son père.

Il perd presque tous ses instants,
Cet être que je ne vous nomme...
Nous ne chercherons par long-temps,
Dit quelqu'un, cet être, c'est l'homme.

—L'homme ici se trouve décrit,
Oui : j'en ferai l'aveu sincère :
Mais je n'avais pas tant d'esprit ;
Je ne pensais qu'à l'éphémère.

JUPITER ET LA BREBIS.

Que j'aime la brebis, innocent animal
Qui va broutant l'herbe fleurie,
A qui tant de gens font du mal,
Et qui n'en a fait de sa vie !
Ainsi l'on voit l'enfant, l'enfant au doux souris :

Même faiblesse en ses esprits,
Même innocence dans son ame ;
Mais la brebis reste brebis,
Et l'enfant devient homme... ou femme.

La timide brebis vers Jupin une fois,
Par un excès d'audace osa lever la voix.
Elle lui dit : « Grand dieu ! notre race t'implore ;
Défends notre existence, et prends pitié de nous :
        Tout nous détruit, tout nous dévore,
        Les lions, les tigres, les loups,
        Et les bergers, plus loups encore. »
Jupiter répondit : « Oui, tu peux m'implorer,
Et mon oubli cruel te fut des plus nuisibles ;
J'ai fait une injustice, et vais la réparer.
Veux-tu d'affreuses dents et des griffes horribles ? »
Oh ! point, dit la brebis, de ces vilaines dents ;
Nous ne voudrions pas ressembler aux méchants.
— Du venin ? — On hait tant les bêtes venimeuses !
— Des cornes ? — Nous pourrions devenir querelleuses.
— Quoi ! tu ne veux donc point d'armes ? A mon avis,
        Ta délicatesse est étrange ;
        Mais si tu veux rester brebis,
        Il faut bien que le loup te mange.
        — S'il est ainsi, maître des dieux,
        Nous retirons notre prière :
        Nous périrons ; mais il vaut mieux
        Souffrir le mal que de le faire.

LA PIERRE PHILOSOPHALE.

Elle est trouvée, elle est trouvée,
La pierre objet de tant de vœux !
Elle était pour moi réservée,
Et je la lègue à nos neveux
Cette découverte achevée,
Cette pierre, unique trésor
Que dans l'univers rien n'égale ;
Des philosophes aiment l'or :
C'est *la pierre philosophale.*

J'ai cherché long-temps ce secret ;
Mais la force de mon génie
Si puissamment s'est réunie
Qu'enfin au monde il apparaît.
Ce n'est pas pour moi que ma pierre
Réserve ses droits précieux ;
C'est pour la nation entière,
Et je l'en estime bien mieux.
Loin tous les dévoûments factices :
Ce trésor est, de bonne foi,
Offert et révélé par moi

A ma nation, à mon roi ;
Et c'est *un impôt sur les vices.*

Le beau projet, diront plusieurs
Animés d'une humeur critique !
Ma découverte a des censeurs,
Comme celle de l'Amérique.
Elle doit triompher aussi ;
Mais je vois bien qu'il faut ici
Qu'en attendant je vous l'explique.

O vous, grands ministres, sujets
A de si pénibles budgets,
Écoutez le mien, je vous prie.
Pour le bonheur de la patrie
Vous accueillerez mes projets,
Et goûterez mon industrie.
De Français ici bas jetés
Trente millions bien comptés
Ont plus d'un tort et plus d'un vice :
Il faut que de nos pauvretés
Le trésor au moins s'enrichisse.

Combien d'*avares* parmi nous !
En nul pays ils ne sont rares ;
Avec plaisir ils paieraient tous
Pour avoir le droit d'être avares.

C'est une ferme que je prends
A douze millions de francs ;
Et quant aux *prodigues*, je pense
Qu'ils paieraient bien deux fois autant.
Pour aider le prince et la France,
Je vois chacun d'eux qui prétend
Signaler sa magnificence.

  Les *libertins*, ô quel trésor,
Sur-tout y joignant les *coquettes!*
Par eux, par elles, je vois l'or
Former d'innombrables recettes.
Pour être juste cependant,
Il faudrait, et je le propose,
De ce produit bien évident
Rendre à qui de droit quelque chose.
Oui ; pour éviter aucun cri,
Il faut, même avant qu'on réclame,
Rembourser en prime au mari
L'imposition de sa femme.

  Les *menteurs*, si je ne suis fou,
Rendront beaucoup, sans qu'on y songe.
Les trésors même du Pérou
Valent-ils un sou par mensonge?
Ce n'est pas cher : mais ces menteurs
Sont ceux qu'on appelle pour rire.
Pour les *fripons* et les *voleurs*,

La taxe sera vingt fois pire.
L'impôt, si nous ne nous trompons,
Rendra beaucoup, perçu par tête.
Je conviens que l'homme est honnéte ;
Mais les hommes sont des fripons.
Il est encore une autre espèce
De gens qu'on appelle menteurs,
Et que le mépris qui les presse
Appelle *calomniateurs*,
Et, dans certains jours, *délateurs.*
Oh ! pour eux, qu'un impôt énorme
Les épouvante ou les réforme,
Aux yeux du public indigné.
Troupe infame, espèce assassine,
Par qui le jour est profané !
Et, si jamais on les ruine,
On a toujours assez gagné.

Je vois dans l'enceinte des caisses
L'or accourir de toutes parts.
Les *fats*, les *gourmands*, les *bavards*,
Combien de sources de richesses !
Receveurs, soyez assidus.
Quels trésors ne peut-on attendre
Des *intrigants* qui sont vendus,
Des intrigants qui sont à vendre¹

J'en ai dit assez sur mon plan

Pour qu'il soit facile de croire
Que ce n'est pas un vain roman,
Et que c'est une belle histoire.
On sent qu'en voyant arriver
Plus d'or qu'on ne peut en rêver,
On aura la volupté pure
De pouvoir bientôt dégrever
Le commerce et l'agriculture.
De mon plan, où rien ne fléchit,
L'extrême sagesse m'effraie :
Ce n'est que le vice qui paie,
Et c'est lui qui nous enrichit.

Mais, me dit-on, s'il se corrige,
Et si cet impôt qu'on exige
Changeait tout-à-coup les humeurs,
Si, sur la terre raffermie,
La probité, les bonnes mœurs
Revenaient par économie ?
Tant mieux. Vous voyez que j'aurais
Fait bien mieux que je n'espérais.
Dès qu'on verrait moins d'injustices,
L'or serait bien moins à propos ;
Et, dès qu'on n'aurait plus de vices,
Il faudrait beaucoup moins d'impôts.

Mais, pour dire ce que je pense,
J'ai sur cela peu d'espérance.

L'homme, cet être singulier,
Tient par-tout au même vertige
Encor plus qu'au même foyer.
Je le dis, et je m'en afflige.
Je ne crois pas qu'il se corrige :
Il est plus aisé de payer.

Il paiera donc, et s'il arrive
Que, malgré ces trésors pressés,
Quelque roi d'une humeur trop vive
N'en trouve pas encore assez,
Vous voyez bien que sans scrupules
A l'or je puis ajouter l'or ;
Et combien de vices encor,
En y joignant les ridicules !
Par exemple, on peut sans travers
Lever un impôt convenable
Sur ceux qui font de méchants vers ;
Et me voilà contribuable.

Or, mes amis, mes chers Français,
Vous, pour qui la chose est fondée,
Gardez-vous de dire jamais,
Et sur-tout de dire aux Anglais,
Quelle est mon admirable idée.
Ce peuple, jaloux, exigeant,
Pourrait, par de promptes cédules,
Piller ce système engageant :

Ses vices et ses ridicules
Vaudraient aussi beaucoup d'argent.
Soyez donc discrets, je vous prie,
Et d'un plan qui réussira
Enrichissons notre patrie.
Je sais bien qu'on réclamera.
Chacun dira sa taxe inique.
Mais le plus souvent on croira
Le jury de la voix publique,
Et la raison décidera.
Si, par trop de bontés peut-être,
Trop de non-valeurs allaient naître,
Pour corriger ce résultat
Et que l'aisance se conserve,
Comme tous les hommes d'état,
Je garde une idée en réserve :
J'avouerai qu'elle me sourit.
Alors, mes amis, sans remise,
Il faut que sur *les gens d'esprit*
Une imposition soit mise.
Réparant le vide bientôt,
Et de trésors source féconde,
Je vous réponds que cet impôt
Sera payé par tout le monde.

LA RANÇON DE LA PÉRI,

IMITÉE DE LALLA-ROUK, DE THOMAS MOORE.

La Perse aussi, montrant sa grace orientale,
A sa mythologie et même sa morale.

A l'heure où, nous versant la rosée et le miel,
L'aimable aurore vient et cependant hésite,
Une jeune Péri, près des portes du ciel
En observait l'enceinte à ses pas interdite.
Elle écoutait de loin le son harmonieux
Dont les sources de vie enchantaient ces beaux lieux,
Et recueillait au moins sur ses brillantes ailes
Un rayon échappé des clartés éternelles.
Pleurante, elle pensait que ce divin séjour
A sa race infidèle est fermé sans retour.

Ah ! s'écriait de l'air cette fille charmante,
Trop heureux les élus dans leurs riants bosquets
Dont la fleur ne pâlit ni ne tombe jamais !
Les jardins de la terre et de la mer bruyante
Ont pour moi des bouquets, des parfums précieux,
Et les étoiles même ont des fleurs pour mes yeux :
Mais, comme tout l'attrait du lac de Cachemire,

Près des célestes eaux n'a plus droit qu'on l'admire,
Une fleur de ce ciel perdu par nos revers
Passe toutes les fleurs de tous les univers.

L'archange qui gardait la porte de lumière
Entendit ses regrets, et plaignit son exil.
Si ta race a perdu le ciel, apprends, dit-il,
Qu'une espérance encor te demeure, dernière.
Au livre du destin cet arrêt fut dicté :
« Le pardon est promis à la Péri fidèle
« Qui pourra présenter à la porte éternelle
« Le présent le plus cher à la divinité. »
Va donc, fille de l'air que la grace environne.
Puisses-tu mériter que le ciel te pardonne !
Ce ciel qu'avec raison tu desires de voir,
En donnant le pardon semble le recevoir.

Ainsi que la comète au loin se précipite
Dans les embrassements du soleil qui palpite,
Plus prompte que ces feux étoilés et vengeurs
Que souvent dans la nuit, dans ses ombres funèbres
Lancent les esprits purs aux esprits de ténèbres
Qui tentent de gravir les célestes hauteurs,
La Péri, de l'espoir sentant la douce haleine,
Vole sur un regard qu'a lancé le matin ;
Elle partait à peine ; elle arrive soudain,
Et long-temps sur la terre elle plane incertaine.

Que faire! que chercher! et quel sera le don
Qui peut envers le ciel acquitter sa rançon?
Qu'importe qu'elle voie en leurs grottes profondes
Les rubis des rochers et les perles des ondes!
Qu'importe qu'elle sache en quels antres discrets
De l'or, des diamants sont cachés les secrets!
Elle sent bien, du ciel conjurant la colère,
Que les trésors du cœur sont ceux qu'Allah préfère.
Enfin elle s'abat vers ces bords renommés
Où rit le vieil Indus à des champs parfumés,
Mais qu'alors désolait l'impitoyable guerre.
Quels tableaux! dans le sang plongeant ses froides mains,
Un ravageur du monde écrasait les humains,
Égorgeait les omrahs, les pariahs *profanes*,
Et décorait ses chiens des colliers des sultanes.
Sur le champ de bataille, hélas! encor fumant,
Aux bords du fleuve ami qui vit naître sa vie,
Un jeune blessé, seul avec son fer sanglant,
Voulait défendre encor cette terre asservie.
Le vainqueur l'aperçoit, admire sa fierté,
Vient, et lui dit : reprends le jour et l'espérance,
Vis heureux. Le jeune homme écoutait en silence;
A cette offre peut-être il n'eût pas résisté;
Mais il a regardé d'une vue attendrie
Le fleuve antique, teint du sang de sa patrie,
Et répond au vainqueur par son glaive irrité.
Le héros succomba. De douleurs oppressée,

La Péri, qui jamais ne vit tant de valeur,
Reçoit le dernier sang qui de ce noble cœur
S'écoulait, emportant sa dernière pensée,
Et, pleine de l'espoir d'arriver au pardon,
Aux portes de lumière a présenté ce don.
Oui : le sang du guerrier qui meurt pour la patrie
Est pour le ciel, dit l'ange, une offrande chérie.
Tu le vois cependant; plus sévère que moi,
L'enceinte de cristal ne s'ouvre pas pour toi;
Il faut pour te l'ouvrir un don plus saint encore.

La Péri redescend, et son vol incertain
Quelque temps la promène, et la conduit enfin
Sur la terre du Nil qu'un doux éclat colore.
Que de fruits, que de fleurs, d'arbres majestueux !
Des palmiers se groupaient sur cette terre antique;
Et même dans le vague où se perdent les cieux,
Des ruines de tours, de temples fastueux,
De contours indécis éblouissaient les yeux.
O contraste cruel ! ô malheureuse Afrique !
Tout riait dans les airs, sur la terre, et les eaux :
Seul, l'homme périssait, l'homme, hôte des tombeaux.
Hélas ! cet air si doux sur cette belle terre
Fermentait imprégné d'un venin léthifère,
Venin, le plus rapide et le plus infecté
Que le vent du désert eût jamais apporté.
Tel qui, brillant de force, a vu le jour paraître,

Subitement frappé, ne le voit point renaître.
Là de l'humanité se brise tout l'orgueil,
Et les morts entassés n'ont pas même un cercueil.
Les vautours ont horreur de cette affreuse proie ;
Mais l'hyène, à minuit, la recueille avec joie.
Malheur au demi mort, qui dans l'obscurité,
A de ses feux d'azur vu la férocité !

A ces tableaux cruels dont l'horreur l'environne,
A des pleurs de pitié la Péri s'abandonne ;
Et soudain, autour d'elle, en ces tristes jardins,
L'air a brillé plus pur ; car un magique charme
Fut, par l'Être éternel, empreint dans chaque larme
Qu'un esprit bienveillant répand sur les humains.
Mais sur le bord du lac de ce triste rivage
Quel sourd gémissement l'appelle sous l'ombrage?
C'est un infortuné qui, du poison frappé,
Pour venir mourir seul s'est dans l'ombre échappé.
Hier chacun l'aimait; il meurt, on l'abandonne ;
Personne pour l'aimer; pour le pleurer, personne !
Pas un son consolant, pas un regard ami !
Cependant d'un penser son cœur est raffermi.
Celle qu'il adorait, dans le palais d'un père,
N'était pas exposée au venin mortifère.
O dieu! dans le bosquet il distingue des pas ;
Elle vient, l'aperçoit, le serre dans ses bras,
Et, des ondes du lac baignant sa bouche aride,

Le presse malgré lui contre son sein livide.
Que fais-tu? dit l'amant: laisse-moi, laisse-moi,
Dit l'amante fidèle et que l'amour enivre,
Ah! ne me prive pas de mourir avec toi,
Puisqu'avec toi le sort m'a défendu de vivre.
— Fuis! fuis! c'est trop m'aimer ; être noble, enchanteur,
Accepte mes adieux, et vis pour le bonheur.
Non, dit-elle, de moi reçois ce sacrifice,
Regarde ton amante avant qu'elle pálisse;
Prends le souffle dernier du cœur où tu vivais,
Et reçois le baiser que je te refusais.
Le ciel trop promptement exauce sa prière;
Elle a trop respiré ces souffles destructeurs ;
Elle pálit déja, cette douce lumière,
Comme la lampe au sein des nocturnes vapeurs.
Son amant même en vain l'invoque encor pour elle.
Bientôt lui-même il touche à son dernier moment.
Il dit adieu du cœur, et l'amante fidèle
Donne un dernier baiser, et meurt en le donnant.

De ce sublime essor la Péri qui s'étonne,
A sur ces deux amants secoué sa couronne,
Et leurs livides fronts ont repris tout l'éclat
Qui des élus un jour doit orner l'incarnat,
Quand, sortis du tombeau, mais endormis encore,
Du dernier jugement ils attendront l'aurore;
Et la Péri près d'eux plongés dans le sommeil,

Paraissait leur bon ange attendant leur reveil.
Le dernier des soupirs de l'amante sublime,
Est recueilli par elle, et l'espoir la ranime.
Elle pense qu'au ciel un don si noble offert...
O Dieu ! l'ange a souri ; le ciel s'est entr'ouvert ;
O bonheur ! elle entend, attentive et charmée
Les arbres de l'Éden, et leurs sons de cristal,
Balancés doucement dans la brise embaumée
Que respire d'Allah le trône oriental.
Elle aperçoit déja de son regard avide
Les vases étoilés auprès du lac splendide,
Où les nouveaux élus font entendre leurs voix,
Et, mieux récompensés qu'ils n'avaient osé croire,
En franchissant le ciel pour la première fois,
Vont se désaltérer du breuvage de gloire.
La Péri s'avançait ; Dieu ! son espoir est vain,
La barrière immortelle, hélas ! ouverte à peine,
Devant ses pas troublés se referme soudain.
Pas encore, dit l'ange, en partageant sa peine !
Attristée, elle a fui les célestes remparts,
Et bientôt la Syrie a frappé ses regards.

C'était déja le soir, et ses métamorphoses.
Un jour doux caressait cette terre de roses.
Le soleil agrandi, se faisant voir encor,
Aux neiges du Liban mélait sa tête d'or ;
Et tandis que l'hiver sur ces neiges sans nombre,

Montrait au loin l'éclat de sa majesté sombre,
A ses pieds, oubliant ou bravant ses rigueurs,
L'été vermeil dormait dans un vallon de fleurs.

Parmi ces jeunes fleurs, plus jeune et plus frais qu'elles,
S'ébattait sans sa mère un enfant passager.
Fatigué de ses jeux et las de voltiger,
Il se cache et s'endort sous des roses nouvelles.
La Péri l'admirait; et dans le même instant,
Un sombre voyageur tout couvert de poussière,
Près de l'enfant conduit son coursier palpitant;
Un ruisseau coule entr'eux, c'est la seule barrière.
L'invisible Péri se tenant à l'écart,
Jetait sur l'étranger un inquiet regard.
Dieu! que d'actes pervers, de coupables pensées,
Sur son front sourcilleux elle lit amassées!
Lui-même il regardait, morne et silencieux;
Et ses yeux de l'enfant ont rencontré les yeux.
Ainsi, quand ces clartés de la nuit moins obscure,
Des torches, ont brûlé pour quelque fête impûre,
Ces livides flambeaux, du jour frappés soudain,
Ne peuvent soutenir les regards du matin.
L'étranger sur l'enfant que trouble sa présence,
Jette un regard sévère et déja menaçant.
L'invisible Péri, qui craint sa violence,
Souffle autour du coupable un air compatissant,
Dont son ame amollie a senti l'influence.

Cet enfant, ce beau soir, cet aspect enchanteur,
Semblaient calmer ses sens, et ramener son cœur;
Lorsque, des minarets de la Syrie entière,
Le son de mille voix appelle à la prière.
De sa couche de fleurs invoquant l'Éternel,
L'enfant tombe à genoux, les mains, les yeux au ciel;
Et vous auriez cru voir dans ce lieu solitaire,
Un enfant de l'Éden égaré sur la terre.
Le coupable le voit, et son front s'est baissé.
De tous ses jours en lui le cercle est retracé.
Il n'y voit de bonheur qu'alors qu'en son enfance,
Il priait, dans sa grace et dans son innocence.
Son ame s'est émue à ce doux souvenir.
Il voudrait du passé rapprocher l'avenir.
De ses derniers penchants détestant la licence,
Il a du repentir retrouvé la puissance.
Tous les nobles pensers qui sont au cœur humain,
Avec le repentir sont rentrés dans son sein.
Il sent dans le transport où son ame se noie,
Qu'il demeure au coupable une dernière joie.
De l'enfant que peut-être immolait son courroux,
Il court saisir la main, et, tombant à genoux,
Il prie; il peut prier! et le ciel qu'il désarme,
A reçu le tribut de sa première larme.
Son front flétri naguère est soudain ranimé;
Et, du soleil qui tombe, un rayon enflammé,
Peint du plus pur éclat sa larme pénitente,

Que recueille aussitôt la Péri triomphante.
Elle vole au séjour qui lui fut si cruel,
Et chante avec transport: j'ai reconquis le ciel!

Oui, tes vœux sont comblés, aimable créature,
Et tout le ciel redit à toute la nature :
Ramener le coupable en sauvant l'innocent,
C'est le plus bel hommage offert au Tout-Puissant.

FIN.

TABLE.

FIN DE LA TABLE.